AtV

GORDAN MIHIC wurde 1938 in Mostar geboren. Er studierte Literatur und arbeitete als Journalist, bevor er für Leinwand und Bildschirm zu schreiben begann. Er führte Regie und verfaßte zahlreiche Drehbücher für Fernsehen, Film und Bühne, u. a. zu »Zeit der Zigeuner« und »Schwarze Katze, weißer Kater«.

EDGAR RAI wurde 1967 in Alsfeld geboren. Er studierte Musikwissenschaften und Anglistik in Marburg und Berlin, arbeitete u. a. als Drehbuchautor, Basketballtrainer, Chorleiter, Handwerker und Online-Redakteur. Bei AtV erschienen seine Romane »Ramazzotti« (2001) und »Looping« (2002) sowie »Homer für Eilige« (2002).

VEIT HELMER wurde 1968 in Hannover geboren. Er studierte an der Hochschule für Film und Fernsehen (HFF) in München. Seine Kurzfilme wurden mit zahlreichen Preisen ausgezeichnet. Mit »Tuvalu« drehte er seinen ersten, von der Kritik vielgelobten Spielfilm. Bei »Tor zum Himmel« führte er Regie, war Co-Autor und Produzent.

Alexej muß abhauen. In Rußland drohen ihm viele Jahre Gefängnis. Er läßt sich nach Deutschland schleusen, wo man seinen Asylantrag ablehnt. Doch ihm gelingt die Flucht aus dem Transitgefängnis. Zusammen mit drei anderen Illegalen schuftet er nun im Bauch des Frankfurter Flughafens: Sie putzen Airport-Fenster, schrubben Flugzeuge und reinigen Kochtöpfe. Sie schlafen in Röhren, fahren auf Förderbändern von Einsatz zu Einsatz und träumen von der Freiheit. Und von der Liebe: Seit jener Nacht an Bord eines schlafenden Flugzeugs muß Alexej pausenlos an die zauberhafte Nisha denken. Die junge Putzfrau träumt ihrerseits davon, hoch über den Wolken als Stewardeß zu arbeiten. Aber schlimme Turbulenzen fesseln sie an den Boden. Ohne Alexej, diesen starken, zärtlichen, verrückten Mann, würde sie längst verzweifeln. Kraft ihrer Liebe öffnet sich das Tor zum Himmel für beide einen Spaltbreit.

Gordan Mihic/Edgar Rai/
Veit Helmer

Tor zum Himmel

Roman

Aufbau Taschenbuch Verlag

Mit 16 Filmbildern

ISBN 3-7466-1989-0

1. Auflage 2003

Einbandgestaltung Simone Leitenberger
unter Verwendung eines Filmplakats von PROKINO
Druck GGP Media, Pößneck
Printed in Germany

www.aufbau-taschenbuch.de

Ich habe Amadou nie gesagt, warum ich aus Rußland abgehauen bin. Es ist eine Art stille Übereinkunft: Asylanten geben untereinander nicht zu viel von ihrer Geschichte preis. Ich kann nicht genau sagen, warum, aber es kommt einem so vor, als würde man sonst seine Chancen auf eine glückliche Zukunft schmälern, als könne man noch mal bei Null anfangen, wenn man so tut, als hätte man keine Vergangenheit.

Ist natürlich nur Wunschdenken: Niemand kann noch mal bei Null anfangen. Aber es funktioniert trotzdem. Für den Moment. Von einem Tag zum nächsten.

Amadou,
this is for you.

1

Ich habe Mist gebaut, großen Mist. Bolschoj gowno. Er war mein Vorgesetzter, und es war Krieg. Was für eine absurde Sache.

Du sitzt im Zapashnik und trinkst Kwas, und zwei Tage später hockst du plötzlich in einem Panzer in irgendwelchen Bergen, wo es nichts gibt als Steine und Staub. Die meiste Zeit wartest du auf etwas, von dem du nicht weißt, was es ist, und hast Durst. Manchmal feuerst du eine Granate auf ein unsichtbares Ziel und hoffst, daß niemand verletzt wird. Du versuchst, dich nicht zu fragen, was du hier eigentlich machst, und wofür.

Wir hatten ein kleines Dorf eingenommen – oder befreit, wie man will –, dreißig lehmverschmierte Baracken. Die Männer waren bis auf ein paar alte in die Berge geflohen. Der Ort wirkte wie ausgestorben, keiner traute sich auf die Straße. Wir besetzten die Ausfahrten und behielten die umliegenden Hügel im Auge, falls die Männer aus dem Dorf versuchten zurückzukommen. Es gab kein Gefühl ernsthafter Bedrohung, Puls normal. Wir waren mit Infrarot ausgerüstet, es war unwahrscheinlich, daß wir sie nicht rechtzeitig bemerken würden.

In der Nacht hörte ich Schreie, ein langgezogenes, klagendes Stöhnen wie von einer Frau in den Wehen. Ich scannte noch einmal die Umgebung und stieg vom Panzer. Im Dunkel schritt ich die Hütten ab. Es war die dritte auf der linken Seite. Statt einer Tür verhängten zwei Decken den Eingang, ich konnte nicht mal anklopfen. Die Schreie dauerten fort.

»Hallo?« rief ich.

Es passierte nichts, aber die Frau mußte furchtbare Qualen leiden, also schob ich die Decken beiseite.

Es dauerte einen Moment, bis ich in dem schwachen Licht bleiche Gliedmaßen erkannte und einen Hintern, der sich bewegte: Ein Mann in Uniform mit herabgezogener Hose. Seine Stiefel kratzten auf dem Boden. Er lag auf einer Frau, deren fahl schimmernde Schenkel brutal auseinandergedrückt waren. Es war Rostislav, der Feldwebel. Ich konnte ihn nicht leiden. Er war ein grober Typ, der seinen Rang dazu benutzte, andere zu schikanieren.

»Rostislav!«

Er drehte mir sein Gesicht zu, es glänzte von Schweiß. Er grinste schief.

»Was willst du!«

Die Augen der Frau fixierten mich, schwarz und starr. In einer Ecke des Raumes kauerten zwei Kinder.

»Hör auf«, sagte ich.

»Willst du mich verarschen? Hau ab, Mann! Ich bin gleich fertig, dann kannst du ran.«

Ich wollte nicht fest zuschlagen. Ich wollte nur sein ungläubiges Staunen sehen. Mehr nicht. Aber er drehte den Kopf weg, und ich traf ihn im Genick – ausgerechnet mit der Seite meines Fernrohrs, an dem die Isolierung abgeplatzt war und das blanke Metall durchkam. Rostislav kippte zur Seite, und dann lag er plötzlich mit aufgerissenen Augen vor mir am Boden, und das Blut lief ihm aus der Nase. Es ging so schnell, daß er nicht einmal Gelegenheit hatte, ein Geräusch von sich zu geben.

Mir blieben maximal sechs Stunden, bevor sie sein Fehlen bemerken würden. Er war Feldwebel, und ich nur ein einfacher Rekrut. Mit meiner Geschichte käme ich nicht weit. In jedem Fall müßte ich in den Knast, die Frage war nur, wie lange. Die Frau stand zögernd auf und ging zu ihren Kindern hinüber. Niemals war ich einsamer.

Ich zog Rostislav an den Füßen auf die Straße hinaus und verwischte die Spuren, damit sie sich nicht an der Frau und ihren Kindern rächten, wenn sie die Leiche entdeckten. Hinter der Baracke stand ein klappriges Fahrrad. Ich hängte mir mein Fernglas um und fuhr aus dem Dorf in die Nacht hinaus. Dieser Krieg würde ab sofort ohne mich stattfinden.

So bin ich nach Deutschland gekommen, besser gesagt nach Frankfurt. Bis vor einigen Tagen kannte ich nur den Flughafen, aber ich versuche gerade, das zu ändern. Keine Ahnung, wie weit ich damit komme.

Nach fünf Tagen auf der Flucht erreichte ich Moskau. Dimitrij versteckte mich eine Nacht lang und gab mir ein paar von seinen Klamotten. Ich war so müde, daß ich hätte sterben wollen. Dachte ich wenigstens. Inzwischen weiß ich: Es kann noch viel schlimmer kommen, und man will trotzdem nicht sterben. Man will leben. Statt zu schlafen, habe ich die ganze Nacht hindurch in Rostislavs aufgerissene Augen geschaut und darin das letzte gesehen, das er mit in den Tod genommen hat: mich.

Irgendwann hörte ich Geschirrklappern und ging in die Küche. Am Tisch saß ein Mann mit einem Schnauzbart, der groß genug war, um den Hof damit zu fegen. Dimitrij stand an der Spüle.

»Setz dich«, sagte der Schnauzbart.

»Wer bist du?« wollte ich wissen. Und als er nicht reagierte: »Dimitrij, wer ist das?«

Dimitrij stand mit dem Rücken zu mir und brauchte zwanzig Minuten, um einen Tee zu machen.

»Was ist hier los?«

Der Schnauzbart klang müde und gelangweilt, wie ein Stadtführer, der zum hundertsten Mal dieselbe Sehenswürdigkeit erklärt.

»Du hast ein Problem. Ich kann es lösen. Setz dich.«

Bis heute kenne ich nicht seinen Namen, nicht mal einen falschen. Dimitrij sah mich an, als sei ich ein Hund mit drei Beinen und einer Augenklappe.

Ich hatte noch nie mit der Mafia zu tun, mit Dealern, Schleusern oder Zuhältern. Ich wollte Pilot werden. Ich will Pilot werden. Obwohl ich mir diese Chance vorerst versaut haben dürfte. Manchmal denke ich, es wäre alles ganz anders gekommen, wenn Rostislav nur seinen Kopf nicht weggedreht, wenn er nur stillgehalten hätte. Ich weiß, es bringt nichts, zurück kann ich sowieso nicht mehr. Aber es gibt immer noch Momente, da ist es einfacher, darüber nachzudenken, als es nicht zu tun.

»Du mußt verschwinden«, sagte Dimitrij und stellte eine Tasse an meinen Platz. Ich setzte mich. Das ist Rußland: Wenn du die Mafia brauchst, findet sie dich schneller, als du sie suchen kannst.

Der Schnauzbart machte es kurz: Viertausend Euro, und in drei Tagen wäre ich in Deutschland. Dann bräuchte ich nur noch Asyl zu beantragen und mir eine Geschichte auszudenken, der Rest ergäbe sich.

Hätte mir eine Woche vorher jemand gesagt, ich solle viertausend Euro auftreiben, hätte ich ihn für verrückt erklärt, aber wenn die Alternative bedeutet, zehn Jahre in den Knast zu gehen, dann treibt jeder irgendwie viertausend Euro auf. Du mußt dich nur von allem trennen, das dir bis dahin wichtig war, und das große Glück haben, ein paar Menschen zu kennen, die sich in der Not als echte Freunde erweisen. Und dann wird dir das Herz schwer. Und am traurigsten macht dich das Wissen, daß du vielleicht nie eine Gelegenheit haben wirst, ihnen zu zeigen, wie dankbar du bist.

»Dimitrij hat mir erzählt, du willst Pilot werden«, sagte der Schnauzbart zum Abschied. »Jetzt kannst du schon mal Fliegen üben.«

Mein Gesicht muß ihn zu Tränen gerührt haben.

Und dann saß ich im Flugzeug, mit nichts als Dimitrijs Klamotten, sechshundertachtzig Euro und meiner Vergangenheit. Ich hatte nicht einmal Gelegenheit, mich von meiner

Familie zu verabschieden. Doch als die Turbinen aufheulten und die Beschleunigung mich in den Sitz drückte, liefen nicht nur Tränen über mein Gesicht. Ich hatte auch ein Lächeln auf den Lippen. Ich spürte die Kraft des Flugzeugs, wie es sich in die Luft aufschwang, und als es sich in einer langgezogenen Linkskurve nach Westen schraubte, sah ich die Häuser der Stadt unter mir zu Streichholzschachteln zusammenschrumpfen. Rostislavs Gesicht mit den aufgerissenen Augen, das mich bis dahin ununterbrochen verfolgt hatte, begann langsam zu verblassen. In meinem neuen Leben würde kein Platz mehr für ihn sein.

2

Die Gebäude auf dem Frankfurter Flughafen sind durchnumeriert. C 182 ist die Transitunterkunft. Das war meine erste Station. Es ist eine Art Abschiebeknast, der offiziell den hübschen Namen »Ausreisezentrum« trägt. Die Luft dort trocknet einem die Kehle aus. Sie haben die Fenstergriffe abmontiert, und raus darf man auch nicht. Die ganze Zeit kommt man sich wie in einen Karton gesperrt vor.

Im Aufenthaltsraum ließ man mich an einem alten Radio rumschrauben, so hatte ich etwas zu tun. Einen Lötkolben gab es auch, den sie abends zusammen mit dem anderen Werkzeug wieder einsammelten. Es dauerte keine zwei Tage, und ich konnte den Funkverkehr des Towers mithören. Die Air Bosna startete mit dreißig Minuten Verspätung, jedes Mal. Man hätte die Uhr danach stellen können.

Sie steckten mich in ein Zimmer mit diesem durchgedrehten Afrikaner: Togo. Er hatte seinen Paß aufgegessen, um ein paar Extrawochen herauszuschinden. Für mich war er der »Schwarze Schatten«, weil er schlich, statt zu gehen, und aus irgendeinem Grund kein Geräusch dabei machte, und weil er schwärzer war als irgend jemand sonst, dem ich bis dahin begegnet war.

Den ganzen Tag über machte er nichts anderes, als kleine Holzziegen zu schnitzen. Er hatte einen ganzen Sack voll. Bei etwas anderem habe ich ihn nie gesehen. Selbst wenn es Essen gab, schnitzte er nur immer an seinen dämlichen Ziegen herum. Irgendwann war dann plötzlich sein Teller leer. Es war wie ein Zaubertrick. Vielleicht hat er das Essen auch einfach weggekippt, wenn ihn niemand beobachtete.

Ich fragte ihn, was es mit den Ziegen auf sich habe.

»Have to.«

Have to. Mehr war aus ihm nicht herauszubekommen.

Zwei Beamte führten mich in einen Pavillon, in dem es genauso heiß und stickig war wie in meiner Zelle. Lange Zeit saß ich im Flur auf einem winzigen Stuhl, die beiden Beamten neben mir. Die nervösen Finger meiner Vorgänger hatten die ausgeblichene Sitzbespannung zerlöchert.

Ich glaube, die Sache mit dem Kinderstuhl ist Absicht: So sorgen sie dafür, daß man sich bereits vor der Vernehmung wie ein kleiner, unwürdiger Bittsteller vorkommt.

Ich hatte keine Ahnung, was los war. Brachten sie mich in eine andere Unterkunft? Sollte ich verhört werden? Wollten sie mich durchsuchen? Die Situation war wie inszeniert: als müßten die Wände umfallen, wenn man dagegenstieß, und dahinter Kabel zu sehen sein und Lampen, die irgendwo von der Decke hingen. Aber es war nicht inszeniert.

Dann ging alles sehr schnell: Ein ungesund aussehender Glatzkopf hinter einem Schreibtisch fragte mich etwas. Alle dreißig Sekunden schob er seine Brille nervös den Nasenrücken hinauf.

»Ich verstehe nicht«, sagte ich – ja nitschewo ne ponimaju.

Ich überlegte, ob ich auf Englisch antworten sollte, aber ich wußte nicht, ob das vielleicht von Nachteil für mich sein würde.

»Asjul. Ja podal asjul.«

Man brachte mich wieder in den Flur. Ein schlaksiger Mann mit einem Aktenkoffer kam vorbei, hockte sich vor mich hin und redete auf mich ein – vielleicht ein Anwalt. Dann kam ein Dolmetscher, der alles konnte, nur kein Russisch.

»Sieht nicht gut aus für Sie«, stammelte er.

Ich wurde wieder in den Raum mit dem ungesund aussehenden Mann gebracht. Er sah zu den beiden Beamten auf, die mich hereingebracht hatten, schob seine Brille hoch, sagte »abgewiesen« und begann, ein Formular auszufüllen. Mich sah er dabei nicht an. Das war mein Asylverfahren. Nicht gerade das, was ich mir erhofft hatte.

Später habe ich erfahren, daß die »Flughafenregelung« ein Trick ist, den sie sich ausgedacht haben, um Asylsuchenden ein beschleunigtes Verfahren zu »ermöglichen«. Der Flughafen gilt als Niemandsland: Solange du ihn noch nicht verlassen hast, bist du offiziell nie in Deutschland angekommen. Und dann machen sie mit dir kurzen Prozeß.

Eigentlich darf niemand länger als neunzehn Tage in der Transitunterkunft festgehalten werden: Zwei Tage für den Antrag, drei Tage, um dagegen Klage zu erheben, zwei Wochen für die Entscheidung des Gerichts. Klappt natürlich nicht. Aber auch dafür haben sie sich etwas ausgedacht: Die Freiwilligkeitserklärung. Wer die nicht unterschreibt, kommt in Abschiebehaft. Davor hat jeder Schiß, also erklärt man sich einverstanden, länger als erlaubt in der Transitunterkunft eingepfercht zu bleiben.

Wer sich mit einem Anwalt beraten will, kann das Telefon im Aufenthaltsraum benutzen, vorausgesetzt, er hat deutsches Kleingeld – es ist nämlich ein Münztelefon. Wer immer sich das ausgedacht hat, muß einen ausgeprägten Sinn fürs Makabre gehabt haben. Wenn es darum geht, sich nicht an die eigenen Gesetze zu halten, entwickeln die Deutschen erstaunlich viel Phantasie.

Dort also, in der Transitunterkunft, wartete ich auf meine Abschiebung. Mein Geld war weg, ich würde niemals Pilot werden, und zu Hause erwarteten mich zehn Jahre Knast. Es gab andere, die schlimmer dran waren als ich, die alles dafür gegeben hätten, zehn Jahre in einem russischen Knast zu verbringen.

Eine Algerierin hielt es über acht Monate in der Unterkunft aus, bevor sie durchdrehte und sich mit ihrem Halstuch an einem Handtuchhalter in der Dusche erhängte. Nicht einfach. Sie war die erste, der es gelang, sich im »Ausreisezentrum« das Leben zu nehmen. Es muß den Verantwortlichen wie eine sportliche Niederlage vorgekommen sein.

Dann gab es einen kleinen Pakistani, den die Grenzschützer »Psycho« nannten, mit Narben auf dem Rücken, die wie große Maden aussahen. Sein Asylantrag war abgelehnt worden, weil er bei der ersten Vernehmung aus Angst vor den anwesenden Polizisten nicht gesagt hatte, daß er gefoltert worden war. Als er ihnen bei der zweiten Vernehmung seine Narben zeigte, sagten sie, er hätte sich die Geschichte ausgedacht und sich die Verletzungen in der Zwischenzeit selbst zugefügt.

Besonders gut erinnere ich mich an eine junge Algerierin: Sie war hochschwanger gewesen, als sie ankam, und hatte inzwischen in Deutschland ihr Kind zur Welt gebracht. Weil sie dabei rund um die Uhr bewacht worden war, galt auch das Krankenhaus als Niemandsland. Ich habe gesehen, wie die Grenzer sie zusammen mit ihrem Baby in den Transporter geschoben und zum Flugzeug gefahren haben. Ihr Anwalt stand daneben und redete ununterbrochen auf die Beamten ein, aber auch er konnte nichts ausrichten.

3

Das hätte es eigentlich gewesen sein sollen. Hier wäre meine Geschichte normalerweise zu Ende gewesen. Abgeschoben, eine Nummer auf einem Formular irgendwo im Archiv. Doch es kam anders: Am Tag vor meiner Abschiebung kam Basala, die dicke Putzfrau mit den bunten Kopftüchern, zu mir an den Tisch.

»Es gibt jemanden, der will, daß du hier rauskommst«, sagte sie und schob mir einen Zettel unter die Platine, an der ich gerade herumlötete. Es war eine Zeichnung. Sie war nicht besonders gut, aber gut genug, um sie als Fluchtplan zu identifizieren. Ich sollte in der Nacht den Radiator von der Wand nehmen und durch die Entlüftung auf das Dach klettern. Was stellten die sich vor, wie ich ihn aus der Verankerung lösen sollte? Und wer waren die überhaupt? Wer konnte ein Interesse daran haben, daß ich nicht abgeschoben wurde?

Es kam noch besser: Vom Dach aus sollte ich die Umzäunung überspringen und auf dem tiefergelegenen Dach eines benachbarten Gebäudes landen. Auf dessen Rückseite sollte ich dann am Ablauf einer Regenrinne hinabklettern, wo ein Bus auf mich warten würde, der auf der Zeichnung wie ein Schuhkarton aussah – ein Fluchtauto ohne Räder. Das kann ja was werden, dachte ich.

Der Teil mit dem Radiator erwies sich als langwierig, aber lösbar: Die Wände der Transitunterkunft bestanden im wesentlichen aus Rigips und halb vermoderten Spanplatten. Ich mußte aufpassen, daß ich das Gebäude nicht zum Einsturz brachte. Das größte Problem war, daß ich keinen Krach machen durfte.

Irgendwann fing es an zu dämmern. Und dann kamen sie. Die Grenzer. Früher als sonst. Zu früh: Ich war noch nicht so weit. Togo saß die ganze Zeit über auf seiner Matraze, schnitzte an einer Ziege und sah aus, als ginge ihn das alles nichts an, als sei er gar nicht da. Der Transporter schob sich über das Gelände, und ich wurde panisch. Den Radiator hatte ich von der Wand bekommen, aber das Loch hätte bestenfalls für einen Dreijährigen gereicht, einen wie Asis. Der hätte durchgepaßt.

Selbst in eine morsche Holzwand kann man nicht ohne weiteres ein Loch von fünfzig Zentimetern Durchmesser brechen, wenn man dabei leise sein muß und als Werkzeug nur seine Finger zur Verfügung hat.

Die Grenzer sammelten die Abschiebekandidaten ein: Ich hörte jemanden meinen Namen rufen. Gleich würden sie ins Zimmer kommen, mir die Hände zusammenbinden, und das wäre es dann. Tschjort poberi! Ich schwitzte am ganzen Körper, selbst meine Hose klebte schon an den Beinen. Da stand Togo auf, verkantete einen Stuhl unter der Türklinke und stellte sich neben den Tisch. Keine Ahnung, welche himmlische Macht ihn plötzlich zum Leben erweckt hatte.

»Come.«

Gemeinsam nahmen wir den Tisch und rammten ihn mit Anlauf in das Loch, wo er steckenblieb wie eine Axt. Die Wand war geborsten, der Riß klaffte wie eine Wunde. Die Grenzer rüttelten an der Tür. Der Spalt war gerade breit genug, daß ich mich hindurchzwängen konnte.

»Beeil dich«, rief ich Togo zu, schon halb in der Wand verschwunden, »laß uns abhauen!«

Togo setzte sich aufs Bett und schüttelte den Kopf, die Grenzer hämmerten gegen die Tür und riefen meinen Namen.

»Komm schon!«

Er hielt seine halbfertige Ziege hoch: »Nicht fertig.«

Not finished.

Ich konnte es nicht glauben. Da hatte er die Gelegenheit abzuhauen und setzte sich statt dessen aufs Bett zurück, weil seine Scheißziege noch nicht fertig war.

»Wir sehen uns wieder«, sagte er.

»Nicht hier!«

»Nein, nicht hier.«

Damals hielt ich ihn für komplett verrückt. Heute bin ich nicht mehr so sicher.

Ich war noch nicht auf dem Dach, da hörte ich die Tür krachen und einen der Beamten, der etwas in sein Funkgerät brüllte.

Auf der Zeichnung hatte das benachbarte Dach nur einen großen Schritt entfernt gelegen. Die Wirklichkeit sah anders aus: Die beiden Dächer trennten ungefähr vier Meter in der Länge und zwei in der Höhe. Ich fragte mich, ob man mit zwei frisch gebrochenen Beinen auch abgeschoben wurde. Wahrscheinlich nicht. Wahrscheinlich kam man ins Krankenhaus und wurde rund um die Uhr bewacht, damit sie hinterher sagen konnten, man hätte den Flughafen nicht verlassen.

Ich konnte schlecht auf dem Dach sitzen bleiben und auf den Sonnenaufgang warten, auch wenn der von hier bestimmt schön aussah, also holte ich zweimal tief Luft und nahm Anlauf. »Jetzt kannst du schon mal Fliegen üben«, hatte der Schnauzbart gesagt. Gleich würde ich wissen, wie talentiert ich war.

Ich verdrehte mir das linke Knie, aber es ging. Es würde anschwellen und sich taub anfühlen, aber es schien nichts kaputt zu sein. Sonst hatte ich mir nur die Handflächen an dem Schotter aufgeschürft, der auf dem Dach lag, als würde er hier manchmal vom Himmel regnen.

Inzwischen hatte sich hektische Betriebsamkeit breitgemacht. Die Transitunterkunft leuchtete wie ein Weihnachtsbaum, hinter den Fenstern hasteten Schatten hin und her. Vom Dach aus hatte ich einen guten Überblick. Überall tauchten Grenzer auf und wuselten um das Gebäude herum, aus dem

Terminal kamen Transporter mit Blaulicht. Für einen Augenblick fühlte ich mich großartig, als sei ich David und hätte Goliath bezwungen: Ich sehe euch, aber ihr seht mich nicht, haha, und eure MPs und eure schicken grünen Uniformen könnt ihr euch sonstwohin schieben! Hier oben bin ich! Ja sdes!

Doch das Hochgefühl währte nur kurz. An der Rückseite des Gebäudes angekommen, verflog meine Euphorie schlagartig im Morgendunst. Die Dachrinne war da, okay, und wahrscheinlich würde ich auch ganz gut runterkommen, selbst mit einem verdrehten Knie, aber wo war der Bus, der auf mich warten sollte? Unten, neben dem Abflußrohr, standen zwei Fässer, sonst gab es nur Teer, jede Menge Teer, wie zäher, grauer Teig. Kein Bus, nicht mal ein Schuhkarton. Ich hätte Räder in die Zeichnung malen sollen.

Die Einsatzwagen mußten inzwischen angekommen und die Grenzer ausgeschwärmt sein. Ich konnte fühlen, wie sie mir auf die Pelle rückten, es war nur eine Frage der Zeit, bis sie mich hatten. Ich konnte mich am Abflußrohr herunterlassen und versuchen, zu Fuß zu entkommen, aber die Chancen, nicht entdeckt zu werden, standen mehr als schlecht, auch wenn es noch dunkel war. Doch was sollte ich sonst tun? Klar war nur eins: Je länger ich wartete, desto schlechter wurden meine Aussichten.

Ich griff nach der Rinne, schwang mich vom Dach und versuchte, mit den Füßen einen Halt am Ablaufrohr zu finden. In diesem Moment passierten zwei Dinge: Ich hörte Grenzer kommen und sah zwei Lichter über den Verladeplatz auf mich zurollen. Das mußte der Bus sein – mit dreißig Minuten Verspätung. Wahrscheinlich Air Bosna, dachte ich.

Die Grenzer kamen um die Ecke und inspizierten die beiden Fässer. Sie steckten sogar ihre Köpfe hinein, als suchten sie nicht nach einem Flüchtigen, sondern nach Perlen. Hätte einer von ihnen in diesem Moment nach oben geblickt, hätte er einen Russen über sich an der Rinne hängen sehen, der verzweifelt versuchte, kein Geräusch zu machen, und sich fragte, wie lange er noch würde aushalten können, bevor seine Finger kapitulierten.

»Hier ist er nicht«, sagte der eine.

Der andere: »Hier auch nicht.«

Wie blöd konnte man sein?

»Weiter?«

»Weiter.«

Ja, weiter! Und zwar dalli! Meine Unterarme standen bereits in Flammen.

Die beiden verschwanden um die Ecke. Ich versuchte, mich mit den Füßen am Rohr abzustützen, aber es war halb im Mauerwerk eingelassen und bot keinen Halt. Aus dem Augenwinkel sah ich den Bus kommen, der Fahrer schien alle Zeit der Welt zu haben. Es war ein Transporter mit einer offenen Ladefläche, die von Wäschesäcken bedeckt war. Er hielt direkt unter mir.

»Spring«, rief eine Stimme aus dem Führerhaus.

Springen ist gut, dachte ich, stieß mich mit einem Bein von der Wand ab und ließ die Rinne los. Mein Knie jaulte auf, als ich landete, aber gleichzeitig ließ der Schmerz in meinen Händen nach, das machte es erträglich.

»Versteck dich!«

Ich häufte Säcke über mich, bis alles schwarz war, so als könnte mich unmöglich jemand sehen, solange ich nichts sehen konnte. Der Transporter fuhr an, und ich bewegte langsam im Dunkel meine Finger.

4

Der Wagen kam abrupt zum Stehen. Ich hörte die Stimme eines Mannes: »Nimm dich in acht, Dak! Neuerdings schnüffelt hier überall der Bundesgrenzschutz herum.«

»Schau mal, was ich für dich habe: Einmal süß-sauer, First Class. Genau wie du es magst.«

»Ich meine es ernst: Lange kann ich die Augen nicht mehr zudrücken, das fällt auf.«

»Und zum Nachtisch ... eine Stange Marlboro für meinen Flughafencowboy.«

»Hör auf mich! Wenn du so weiter machst, kriegen die dich am Arsch, und zwar bald.«

»Und zur Verdauung ... eine Flasche Johnny Walker. Laß es dir schmecken.«

»Ich weiß von nichts, daß du klarsiehst.«

Wir fuhren in einen Tunnel, das Motorengeräusch hallte von den Wänden wider. Dann war die Fahrt zu Ende. Die Tür wurde geöffnet und zugeschlagen, als nächstes klopfte jemand gegen die Ladeklappe. Vorsichtig streckte ich meinen Kopf hervor. Was ich für einen Tunnel gehalten hatte, war eine unterirdische Halle im Bauch des Flughafens. Außer uns war niemand zu sehen. Kreuz und quer über die Decke verliefen Aluminiumrohre, eine Metalltreppe an der Wand führte zu einer Tür ohne Aufschrift.

Vor mir stand Dak: Mitte Fünfzig, klein, verlebtes Gesicht, abgetragener Anzug. Er sah aus wie ein Gemüsehändler, aber er war keiner.

»Tausend Euro«, sagte er und hielt die Hand auf.

Ich hätte es wissen müssen: Sein Bart war der gleiche wie der von meinem schnauzbärtigen Mafiosi, nur kleiner.

»Ich hab' schon bezahlt, viertausend. An den Schleuser.«
»Schleuser ist Schleuser, ich bin Dak.«
»Ich hab' kein Geld mehr.«
»Du kannst jederzeit in die Unterkunft zurück ...«
Ich sah mich um und überlegte, wie groß meine Chancen sein mochten, ohne Dak hier rauszukommen.
»Ohne mich kommst du nicht mal bis ans Tageslicht«, sagte er.
Ich kramte die Rolle mit den sechshundertachtzig Euro hervor, meine letzte Reserve. Sonst besaß ich nur noch die Klamotten an meinem Körper, und streng genommen gehörten sogar die nicht mir, auch wenn Dimitrij kaum Gelegenheit haben würde, sie zurückzufordern.
»Das ist alles. Mehr hab' ich nicht.«
Beim Anblick des Geldes schaltete Dak plötzlich auf mitfühlend und tat so, als könne er das nicht mit seinem Gewissen vereinbaren. In Wirklichkeit nämlich hatte er es gar nicht auf mein Geld abgesehen, in Wirklichkeit wollte er mich. Dak – Beruf: Sklavenhändler. Nicht Gemüse, Sklaven. Sklavenhändler mit Herz – manchmal.
»Wo willst du jetzt hin? Hast du jemanden in Frankfurt?«
Natürlich hatte ich niemanden in Frankfurt. Ich hätte auf der ganzen Welt niemanden gehabt. Und Dak wußte es. Ich brauchte nicht mal zu antworten.
Er tat, als müsse er überlegen: »Ich mach' dir einen Vorschlag: Behalt dein Geld. Du kannst für mich arbeiten. Ich habe einen Platz, wo du schlafen kannst, und es gibt freies Essen, Business Class. Verdienen kannst du auch was. Die tausend Euro ziehe ich dir natürlich vom Lohn ab. Nach einem Jahr kriegst du Eins-A-Papiere, und die Welt liegt dir zu Füßen.«
»Schwarzarbeit?«
»Ehrliche Arbeit.«
»Im Flughafen?«
»Das ist meine Welt.«

Es hörte sich so an, als würde Dak hier sein Leben zubringen. Der Flughafen schien wie ein Mikrokosmos zu funktionieren, unabhängig von der Außenwelt. Daß er seine eigenen Gesetze hatte, wußte ich bereits.

»Also gut.«

Was hätte ich sonst sagen sollen?

Dak nahm einen Karton vom Beifahrersitz, stieg die Treppe empor, kramte einen Bund mit ungefähr zweihundert Schlüsseln aus einer der Kammern seines Jacketts und schloß die Tür auf.

»Wir sind da.«

Ich war in einen Käfig ausgebrochen.

5

Dak ist so etwas wie der heimliche Herrscher des Flughafens. Das heißt, er war es. Bis neulich. Bis sie ihn geschnappt haben. Natürlich gibt es Leute in Uniform, die glauben, sie seien ›in charge‹, und welche mit dicken Autos und riesigen Büros. Aber wenn die aus ihren Panoramafenstern gucken, dann sehen sie nur Stahl, Glas, Beton und ein bißchen Farbe. Eigentlich sehen sie nichts.

Wenn der Flughafen ein Körper wäre, dann säße Dak irgendwo im Rückenmark oder in der Schaltzentrale für das vegetative Nervensystem. Die im Gehrin sitzen, die mit der Panoramaverglasung, die können durch ihre Augen nur die Haut sehen, die Oberfläche. Wenn du wissen willst, was darunter los ist: frag Dak.

Er brachte mich in sein Büro, einen fensterlosen Raum, der zu zwei Dritteln aus Rohren und Kabeln bestand. Ich kann mir nicht vorstellen, daß es einen Plan vom Flughafen gibt, in dem er eingezeichnet ist. Wer ihn nicht kennt, der findet ihn nicht.

Ich sollte mich bis auf die Unterhose ausziehen. Dak musterte mich und machte ein zufriedenes Gesicht. Er drückte hier und da an mir herum, besah sich meine Zähne und sagte: »Schlepper hat mir nicht zu viel versprochen. Kannst dich wieder anziehen.«

»Was soll das?«

»Wer für mich arbeiten will, der muß fit sein und darf nicht saufen. In meinen Stall kommen nur die besten Pferde.«

Als hätte ich ihn angefleht, für ihn arbeiten zu dürfen. Wenn Dak von der Polizei gestoppt wurde, weil er eine rote Ampel überfahren hatte, dann drehte er es wahrscheinlich so, daß sie am Schluß froh waren, ihn wieder fahren zu lassen, und obendrein entschuldigten sie sich noch für die rote Ampel. Wer weiß: Vielleicht gelingt es ihm ja auch diesmal, den Kopf noch aus der Schlinge zu ziehen. Zutrauen würde ich es ihm. Auch wenn sie hartnäckiger sein werden als bei einer roten Ampel.

Er zog einen Schuhkarton unter seinem Tisch hervor und kramte darin herum. Es war eine Sammlung von Sicherheitsausweisen, er hatte mindestens dreißig Stück. Er wählte einen aus und hielt ihn neben meinen Kopf.

»Wie aus dem Gesicht geschnitten. Ihr könntet Zwillinge sein!«

Er heftete ihn an meine Hemdtasche und tätschelte ihn wie einen Orden.

»Willkommen im Club, äh ...«, er versuchte, die Schrift zu entziffern, »... Igor.«

Ich sah mir das Foto auf dem Ausweis an. Der Mann hatte tatsächlich Ähnlichkeit mit mir.

»Wer ist das?«

»Was soll die Frage? Das bist du.«

»Im Ernst: Wer ist das?«

Dak seufzte. Er wurde nicht gerne mit der menschlichen Seite seiner Arbeit konfrontiert.

»Wer soll das schon sein? Igor, steht doch drauf.« Und als klar war, daß ich mich damit nicht zufriedengeben würde: »Ist vor einem halben Jahr nach Hause geflogen, um seine Familie zu sehen: Armenien, Tschetschenien, Tadschikistan, was weiß ich. Ist nicht wieder aufgetaucht. Da herrscht Bürgerkrieg, was willst du machen? So, und jetzt komm, ich zeig' dir dein neues Zuhause.«

Er holte vier in Cellophan verpackte Tabletts aus dem Karton, den er mitgebracht hatte, und stieg eine schmale Wendeltreppe hinab. Ich wunderte mich, wie es von hier noch weiter nach unten gehen konnte. Ein Gang mit Notbeleuchtung führte uns zu einer Tür mit einem gelben Schild. Ich verstand die Schrift nicht, aber die drei Ausrufungszeichen verstand ich schon. Dak hielt sein Ohr an die Tür. Dahinter waren Stimmen zu hören, selbst ich konnte sie vernehmen. Er machte ein finsteres Gesicht, riß die Tür auf und marschierte hinein.

Durch den Raum liefen noch mehr Röhren als durch Daks Büro, Leitungen ohne Anfang und ohne Ende. Es gab Sicherungsschränke, von deren Rückseiten aus sich ein Geflecht von Kabelschächten über die Wände zog und an verschiedenen Stellen im Mauerwerk verschwand. Durch die Stimmen eines Fernsehers drang das Summen von Generatoren und ein gleichbleibendes Geräusch wie von einem Bohrer, der sich langsam durch die Wand frißt: unterirdische Laufbänder. Ungefähr zwei Wochen lang hat dieses Geräusch jede Nacht meinen Kopf durchsiebt, seitdem höre ich es nicht mehr. Das heißt: Ich höre nur noch, wenn es aussetzt. Hörte, besser gesagt.

Der Fernseher stand auf einer Tonne, an der ein Poster mit einem Urlaubsidyll klebte: eine Strandschönheit, die mit ausgebreiteten Armen ins Meer lief. Geschwungene Lettern spannten sich über das Blau: »Mit Malaysia Airlines werden Ihre Träume wahr.« Zwischen zwei Rohren baumelte eine Hängematte, darüber hingen Kleidungsstücke. Es war stickig, die unzähligen Stromkabel heizten den Raum auf. Dem Fernseher gegenüber lag eine Luftmatratze, auf der drei Männer saßen. Sie schauten zu Dak auf in einer Mischung aus Schuldbewußtsein, Unterwürfigkeit und ›leck mich am Arsch‹. Dak stellte sich zwischen sie und den Fernseher.

»Scheiße!« brüllte er. »Was ist mit euch los? Habt ihr eure Köpfe nur, damit Haare drauf wachsen? Wie oft hab' ich euch schon gesagt, daß ihr vorsichtig sein sollt? Hundertmal? Tausendmal? Wenn's reicht. In diesem Teil des Flughafens rennen neuerdings vier Wachmänner rum, die überall ihre Nasen reinstecken. Warum ist die Tür nicht abgesperrt? Ich wußte gar nicht, daß ihr so scharf darauf seid, abgeschoben zu werden. Scheiße, verdammt! Amadou, denk nach! Was erwartet dich zu

Hause? Und du, Volinka? Dein Jahr ist fast vorbei, willst du dir kurz vor Schluß alles versauen?«

Betretenes Schweigen.

Einer der drei setzte zu einer Erwiderung an: »Aber Sie haben doch gesagt, Sie würden uns ein Zeichen geben, wenn ...«

»Nix aber! Action!«

Auf Daks Stichwort hin setzten sich die drei in Bewegung, hängten innerhalb von Sekunden die Wäsche ab, sammelten die Hängematte ein, klaubten den Fernseher, die Luftmatratze und das herumliegende Zeug zusammen, verstauten alles in einer riesigen Röhre, die in den Raum ragte wie ein Stumpf, stiegen selbst hinterher und zogen von innen die Verschlußluke zu.

Kopfschüttelnd ging Dak zum Rohr und klopfte zweimal kurz gegen die Luke, dann noch einmal. Daraufhin kamen die drei wieder hervorgekrochen.

»Hier, euer Frühstück.«

Seine Stimme klang jetzt milder, fast konspirativ: Wir sitzen doch alle im selben Boot.

Er verteilte die Tabletts: »Und das nächste Mal vergeßt das Poster nicht. Wenn ich einem Wachmann das erklären muß, komme sogar ich ins Schleudern. Übrigens«, er legte mir seinen Arm um die Schulter und schob mich in die Mitte des Raumes, »wir haben ein neues Familienmitglied: Das hier ist Alexej. Alexej, willkommen im Hotel Dak.«

Er zeigte auf einen der Stümpfe.

»*Das* Zimmer ist noch frei. Muki gibt dir Matratze und Decke. Auf den ersten Blick sieht es etwas ungemütlich aus, aber glaub mir, da drin schläfst du wie ein Baby. Und«, er deutete auf das Poster, »du hast sogar Meerblick.«

Selbst wenn der Flughafen schläft, arbeiten sein Gehirn und sein Magen unaufhörlich weiter. Er verdaut die Nahrung des Tages und bereitet sich auf kommende Aufgaben vor. Und dort also, im Verdauungstrakt, sollte mein neues Zuhause sein. Da, wo niemals Licht hinfiel. Und schlafen sollte ich in einem Darm aus Aluminium. Besser hätte ich es gar nicht treffen können.

Dak wandte sich an die anderen: »Seid nett zu ihm. Zeigt ihm, was er wissen muß, und in«, er blickte auf seine falsche Rolex, »vierzig Minuten will ich euch alle an Gate neun sehen. Da gibt's jede Menge Gepäck zu verladen.«

So lernte ich Muki, Volinka und Amadou kennen.

6

Volinka war Senegalese und der kräftigste von uns. Bei seinem Anblick fragte man sich unweigerlich, wo all diese Muskeln nur herkamen. Ich habe ihn nie Liegestütze oder Klimmzüge machen sehen, seine Muskeln waren da – einfach so.

Wenn wir uns im Hotel Dak aufhielten, trugen wir meist nur Hosen. Es war so warm, daß man auch ohne Hemd schwitzte. Außer Muki, der niemals in unserer Gegenwart seinen Oberkörper entblößte, der aber aus irgendeinem Grund auch nicht schwitzte. Jedenfalls: Wenn Volinka sich durch den Raum bewegte, sah er aus, als könnte er mit bloßen Händen die Decke abstützen, falls der Flughafen einstürzte.

Ich weiß nicht, wie er es anstellte, aber Volinka war immer gut gelaunt. Auch nach acht Stunden am Verladeband konnte er einen plötzlich mit diesem breiten Lachen angrinsen, das aus einer anderen Welt zu kommen schien, und rufen: »Hey, seht mal! Eine Golftasche mit zweihundertsechsundneunzig Schlägern! Bin ich froh, daß die vorbeikommt. Ich dachte schon, ich müßte hier den ganzen Tag nutzlos rumstehen.«

Da hatten Amadou und ich schon seit Stunden kein Wort mehr gesprochen und nur stumm das Band verflucht, das bereits Tausende von Gepäckstücken ausgespuckt hatte.

Einmal mußten wir drei Paletten Reis zusammenfegen, die von einem schlecht beladenen Wagen gefallen waren und sich auf dem Vorfeld verteilt hatten. Amadou und ich hatten mißmutig die ersten Eimer gefüllt, als neben uns ein Shuttlebus mit Pauschaltouristen hielt. Eine Frau mit einem Hund als Handgepäck machte ein mitleidiges Gesicht und sagte zu ihrem Mann: »Sieh doch nur die armen Neger! Zu Hause verhungern sie, und hier läßt man sie Reis schippen.«

Da ließ sich Volinka unter Stöhnen auf die Knie fallen und schaufelte mit beiden Händen den Reis über sich.

»Essen! Essen!« rief er und schluchzte laut auf. »Seht doch nur! Das schöne Essen! Es ist eine Schande!«

Muki schüttelte nur den Kopf, aber Amadou und ich mußten so lachen, daß wir uns schließlich zu dritt im Reis wälzten und riefen: »Essen, Essen!«

Muki war schon um die sechzig. Er war klein, sehnig, wortkarg und schicksalsergeben. Sein Antrag auf Asyl war angenommen worden, er hätte legal in Deutschland leben und sich frei bewegen können. Doch seine Illusionen über das Leben im Westen waren irgendwann auf der Strecke geblieben, und inzwischen arbeitete er für Dak, um wieder in die Mongolei zurückkehren zu können.

Nach meinem ersten Tag als Daks Sklave sagte Amadou zu mir: »Du bist gut in Form. Kein Wunder, daß Dak dich ausgewählt hat. Er verhilft nur den Besten zur Flucht.«

Ich sah fragend zu Muki hinüber, der reglos in seiner Hängematte lag. Sein feingliedriger Körper machte den Eindruck, als würde er bei Windstärke drei in Stücke gerissen werden.

Amadou verstand meinen Blick: »Muki ist der zäheste von uns allen«, sagte er. »Sein Körper arbeitet wie eine Maschine. Sag ihm, daß er ein Haus Stein für Stein abtragen und einen Meter weiter wieder aufschichten soll, und eine Woche später steht er vor dir und sagt: ›Fertig.‹«

Es stimmte. Oft kam Dak spät abends oder mitten in der Nacht und bot uns an, für zwanzig oder dreißig Euro extra einen »Notfall« zu »verarzten«. In der Regel bedeutete das, Gepäck zu verladen oder Glaswände zu putzen, die am nächsten Morgen wieder glänzen sollten. Volinka und Amadou lehnten fast immer ab, ich meistens, Muki nie. Er nickte stumm, stieg aus seiner Hängematte und wackelte mit seinen Pinguinschritten hinter Dak her aus dem Raum. Oft kam er erst um fünf oder sechs Uhr morgens wieder, dann legte er sich für zwei Stunden in seine Matte und stand mit uns auf, ohne eine Miene zu verziehen.

Der dritte im Bund war Amadou. Ich mochte ihn vom ersten Augenblick an. Manchmal trifft man einen Menschen und weiß: Der ist es. So war es mit ihm.

Er stammte aus Nigeria. Ich bin nicht sicher, aber ich glaube, er hatte dort mit ansehen müssen, wie man seine Eltern umgebracht hatte. Danach wollte er nur noch weg. Genaues habe ich nie erfahren. Er sprach nicht darüber, und ich habe der Versuchung widerstanden nachzufragen. Hätte er mir mehr erzählen wollen – ich hätte seine Geschichte gern mit ihm geteilt. Ich bin sicher, er wußte das.

Amadou war in Ordnung. Schwer in Ordnung. Ich habe gesehen, wie er N'Tutu, die im Catering dreckige Essenstabletts aussortierte, heimlich vierzig Euro in die Kitteltasche steckte, weil er wußte, daß ihr Sohn krank war und ihr das Geld fehlte, um mit ihm zum Arzt zu gehen. Unter anderen Umständen hätten wir Freunde werden können. Echte Freunde. Und die sind selten. Er hat mir das schönste Geburtstagsgeschenk meines Lebens gemacht, aber davon später.

Ich hoffe, daß ich mich immer an Amadou erinnern werde. Er hat es verdient, nicht vergessen zu werden. Deshalb trage ich immer den Schlangenzahn bei mir, den er als Talisman unter seiner Matraze liegen hatte. Ich kann ihn spüren, in diesem Moment, wie er sich durch den Stoff meiner Hose drückt. Und deshalb schreibe ich alles auf. Damit ich niemals unsere verrückte Geschichte vergesse. Die von Amadou und mir – und Nisha.

7

Ein Teppich aus Luft trägt mich über das Rollfeld, meine Füße streifen kaum den Boden. Der Rock wiegt sich im Rhythmus meines Ganges. Alle sehen mich, sehen, wie glücklich ich bin. Lotsen stehen Spalier, ihre Kellen umwirbeln mich im Sonnenlicht. Sie wissen, es ist mein erster Flug.

Ich schenke Getränke aus, lege Servietten unter Gläser, nehme Tabletts entgegen. Und während ich all das tue, fliege ich, auf gleicher Höhe mit der Sonne.

Ein Junge sitzt einsam am Fenster. Seine Zukunft ist ungewiß. Er hat Angst, doch er ist nicht verzweifelt: Es gibt jemanden, der auf ihn wartet. Er strahlt, als ich ihm eine Tüte mit Spielzeug gebe.

8

Als ich hinter den anderen her die lange Schachtleiter hinaufkletterte, mich durch die Klappe zwängte und die Ursache des bohrenden Geräuschs kennenlernte, das mich in den kommenden Wochen Nacht für Nacht martern sollte, war ich überwältigt: Wir befanden uns an einer Tunnelkreuzung. Die Arme der Gänge streckten sich so weit, daß ich nicht sehen konnte, wo sie endeten. Auf mehreren Ebenen liefen Förderbänder aneinander vorbei. Manchmal kam eine herrenlose Wanne mit einem Gepäckstück angetrabt und verschwand eilig um die Ecke wie jemand, der Angst davor hat, angesprochen zu werden; oder aber eine ganze Horde von ihnen trottete ergeben der Nummer eins wie einem Fremdenführer hinterher.

Das verborgene Reich des Flughafens ist eine abgeschlossene Welt. Laufbänder von siebzig Kilometern Länge durchziehen den Untergrund und bringen das Gepäck von a nach b. Es sind die Straßen, Gassen und Autobahnen einer gigantischen Geisterstadt, die größer ist, als die meisten es sich vorstellen können. Auf jeden Fall war sie größer, als ich es mir hätte vorstellen können.

Als ich zum ersten Mal an der Hand meiner Mutter in die Halle der U-Bahn Station Kiew-Ring trat, fing ich an zu weinen. Meine Sinne konnten den Raum nicht erfassen, alles schien sich auszudehnen, die Fluchten schienen sich ins Endlose zu strecken. Ich stellte mir vor, daß, egal wie schnell oder lange ich rannte, ich niemals das Ende der Halle erreichen würde, und klammerte mich verzweifelt an das damals schon stämmige Bein meiner Mutter. Von da an wollte ich Pilot werden. Selbst die größte Halle der Welt sollte so klein sein, daß sie mir keine Angst machen konnte.

Jetzt so unerwartet dem Tunnelsystem des Flughafens ausgesetzt, stand ich wieder wie versteinert und wartete darauf, daß sich ein Gefühl für die Dimension des Raumes einstellen würde. Doch bevor mein Gehirn die Informationen sortiert hatte, ertönte ein Alarmsignal und riß mich aus meiner Versunkenheit. Volinka, Muki und Amadou hatten eines der Bänder angehalten und waren je in eine Transportkiste gestiegen.

»Beeil dich!« rief Amadou. »Wir können das Band nur ein paar Sekunden anhalten.«

Ich griff nach einer Wanne, kletterte zu den anderen auf das Förderband und setzte mich hinein. Muki hielt einen Besenstil in den Händen, mit dem er einen Schalter betätigte, und ruckartig setzte sich das Band wieder in Bewegung.

»Kopf einziehen!« rief Amadou.

Wir bogen um die Ecke, und ein Stahlträger sauste eine Handbreit über meinen Kopf hinweg. So sah unser Arbeitsbeginn aus: Stückgut auf dem Weg zum Verladeplatz.

Sobald man den Plan der Unterwelt einmal verinnerlicht und ein Gefühl für die Entfernungen bekommen hat, kann man relativ problemlos nahezu jeden Ort des Hauptgebäudes erreichen, ohne mehr als zweimal die Bänder wechseln zu müssen. Die Fahrt war einer der Momente, auf den ich mich immer gefreut habe. Die Freude hat sich nie abgenutzt, bis zum Schluß nicht. Ein Kind will auch nach der zehnten Runde auf dem Karussel noch eine elfte fahren.

Manchmal erlebt man Überraschungen: Die Gepäckwannen sind mit einem Strichcode versehen, der sie computergesteuert ans Ziel bringt. Erwischt man den falschen, wird man unvermittelt in eine andere Richtung umgelenkt und muß »hoppen«, was nicht ungefährlich ist, denn die Bänder legen fünf Meter pro Sekunde zurück.

Wir machten alles. Dak setzte uns ein, wo Not am Mann war: Gepäck verladen, Container packen, Müll entsorgen. Engpässe gab es immer. Die Arbeit war erträglich, wenn man davon absah, daß Dak den größten Teil des Lohns für sich behielt und ich noch mit tausend Euro bei ihm in der Kreide stand.

Meistens mußten wir Gepäck verladen. Amadou zeigte mir, worauf ich zu achten hatte. Es war nicht viel, genaugenommen nur eine Linse.

»Alexej!«

Wir befanden uns in Gepäckhalle 2, Gebäude 385. Amadou stand in einer Ecke und deutete über sich.

»Siehst du das?«

Im Deckenwinkel versteckte sich eine bewegliche Kamera. Ich nickte. Amadou kam zu mir.

»Wenn sie dich im Blick hat, mußt du aufpassen.«

Vorsichtig nahm er eine Tasche, lud sie behutsam auf den Wagen und lächelte in die Kamera, als wolle er beim Vorarbeiter um die Hand seiner Tochter anhalten.

»Wenn nicht, kannst du machen, was du willst. Paß auf ...«

Er schielte unauffällig zur Decke, und als er sicher war, daß die Kamera ihn im Visier hatte, nahm er zwei Taschen auf einmal und schleuderte sie achtlos hinter sich, dann noch einen Koffer und einen zusammengeklappten Kinderwagen. Es dauerte keine zehn Sekunden, da flog eine Tür im ersten Stock auf, und Behnke, der Vorarbeiter, trat wie ein Feldmarschall auf die Galerie.

»Schmeißt die Koffer nicht so, ihr Bambusfresser! Sonst könnt ihr den Wagen gleich noch mal beladen. Wir sind hier nicht in Afrika!«

»Aber ich bin aus Senegal«, rief Volinka, als wäre es ein eigener Kontinent.

»Is' mir scheißegal, wo du herkommst!«

Volinka schlug die Hacken zusammen und legte drei Finger an die Stirn: »Jawoll, Chef!«

Sogar Muki mußte kichern.

»Ich seh' alles«, drohte Behnke. »Mir entgeht nichts!«

Und er verschwand befriedigt in seiner Kabine.

»Er freut sich immer, wenn er uns anschreien kann«, sagte Amadou.

Volinka: »Ja, aber wir machen ihm die Freude nur zu besonderen Anlässen. Weihnachten ist schließlich auch nicht jeden Tag.«

Wir arbeiteten durchgängig, auch an den Wochenenden. Das hatte zur Folge, daß ich den Überblick über die Tage verlor. Oft hätte ich raten müssen, ob Freitag oder Montag war. Die meiste Zeit träumte ich vom Fliegen. Ich ließ mir von Dak einen Abreißkalender mitbringen, um mir die Illusion von einem Halt zu geben. Blieb das Problem mit den Zeiten. Da wir oft ganze Tage keinen Kontakt zur Oberwelt hatten und der Flughafen immer in Betrieb war, kam mir manchmal jedes Gefühl für Tag und Nacht abhanden.

Die schönste Zeit war der Abend, wenn wir nach zehn, zwölf, oder manchmal vierzehn Stunden Arbeit in unser Versteck zurückfuhren. Angrenzend an Daks Büro gab es einen winzigen Raum mit einer Toilette ohne Deckel und einem Waschbecken. In dem Betonboden war ein Abflußgitter eingelassen. Wir duschten uns, indem wir ein Stück Schlauch auf den Wasserhahn steckten. Das Wasser war entweder eiskalt oder siedend heiß, dann aber höchstens zwei Minuten, danach war es wieder eiskalt. So, wie ich es aus dem Krieg kannte, in dem ich auf einer staubigen Straße in den Bergen einen Toten zurückgelassen hatte und der jetzt nicht mehr mein Krieg war.

Nach dem Duschen stiegen wir in unser Versteck hinab, Dak kam mit dem Essen – meist gab es kaltes Bier dazu –, und fast immer hatte Volinka im Laufe des Tages etwas Besonderes »gefunden«: Nachtisch von Singapore Airlines, Champagner, italienischen Wein, schweizer Schokolade, kubanische Zigarren.

Auf diese Weise hatten wir die Welt zu Besuch, flüchtige Sehnsüchte, von denen, wenn wir in unsere Rohre krochen, nur noch die glänzenden Verpackungen übrig waren. Zu dritt saßen wir auf der Luftmatratze, Muki lag in seiner Hängematte, der Fernseher lief, und es fühlte sich an wie eine Familie.

9

Das Hotel Dak hatte einen eigenen Geruch und einen eigenen Geschmack. Ich brauchte einige Zeit, um dahinterzukommen, daß es der Strom war. Wenn man Nacht für Nacht in einem elektromagnetischen Käfig schläft, dann merkt man irgendwann, daß die Luft dort anders schmeckt. Sie ist unbeweglich und gespannt – wie die Haut über den Fingerknöcheln, wenn man eine Faust macht –, und die ganze Zeit hat man hinten auf der Zunge ein leichtes Kitzeln. Es geht weg, wenn man kaltes Bier trinkt, aber nur kurz: Nach einer Minute ist es wieder da.

Das alte Terminal wurde von unserem Versteck aus mit Strom versorgt. Jedesmal, wenn eines der Laufbänder über uns aussetzte oder anlief, zuckte das Bild des Fernsehers für einige Sekunden zusammen. Hätte jemand eine Feder fallen lassen, wäre sie wahrscheinlich einfach in der Luft hängengeblieben.

Es passiert selten, aber manchmal begegnet man jemandem »unter Tage«, dann erschreckt man sich geradezu.

Als wir nach meinem ersten Tag auf dem Weg zurück in unser Versteck waren, ich müde in meiner Kiste saß und mein Bein über den Rand hängen ließ, weil ich das angeschwollene Knie nicht beugen konnte, kamen uns auf der Zielgeraden plötzlich zwei Personen auf einem anderen Band entgegen: Eine Blondine mit frisch zerwühlten Haaren und ein keuchender Endvierziger, der sie von hinten umschlungen hielt und an ihrem Nacken herumnagte wie an einem Hundeknochen. Sie senkte verschämt den Blick, als wir aneinander vorbeifuhren, er aber zwinkerte uns verschwörerisch zu und winkte stolz.

»Was war das denn?«

»Das war Schube. Den wirst du noch kennenlernen«, sagte Amadou. Es klang wie eine Warnung.

»Ja«, rief Volinka, »und das, was er dabei hatte, war Nummer neunundneunzig. Wenn er es jetzt noch schafft, im Büro des Vorstandschefs zu vögeln, dann werden wir ihm einen Orden basteln müssen.«

Amadou klärte mich auf: »Schube ist Leiter der Stewardessenschule. Er ist der geilste Bock auf dem gesamten Flughafen. Seit heute abend gibt es keinen Ort mehr, an dem er noch nicht gevögelt hat – außer das Büro vom Vorstandschef. Wenn die Stewardessen Abschlußprüfung haben, dann läßt er uns als Passagiere mitmachen und nach der simulierten Notlandung die Rutsche benutzen. Volinka tut dann immer so, als müßte er gleich sterben.«

Volinka sprang aus seiner Kiste auf, als habe er nur auf sein Stichwort gewartet, und griff sich an die Brust: »Ich bin noch so jung! Allah! Allmächtiger! Ich will nicht sterben!«

Dann zog er schnell den Kopf ein.

Amadou nahm den Faden wieder auf: »Da gibt es Essen und Trinken, soviel du willst, und die Stewardessen …«, er machte einen Kußmund, »… sooo süß!«

Wenn ich damals gewußt hätte, was noch alles passieren würde, hätte ich Schube mitsamt seiner Kiste vom Band getreten – und seine zerzauste Blondine gleich mit. Auf jeden Fall sollte Amadou recht behalten: Ich würde ihn noch kennenlernen. Und besser als mir lieb war.

Aber wer weiß: Vielleicht tue ich Schube unrecht. Vielleicht war er nicht das Arschloch, für das ich ihn gehalten habe. Es spricht einiges für ihn. Gerüchte verbreiten sich schnell und sind hartnäckig wie ein Krebsgeschwür. Ich weiß, daß er denselben Traum geträumt hat wie ich: Er wollte Pilot werden. Fliegen ist das Größte für ihn. Aber er war zwei Zentimeter zu groß. Das war's für dieses Leben, versuchen Sie es im nächsten noch mal.

Das jedenfalls ist es, was Nisha mir von ihm erzählt hat. Meine Nisha. Die, die mir das Herz gestohlen hat. Ich habe beschlossen, ihr zu vertrauen. Irgendwann kommst du an einen Punkt, da willst du so sehr jemandem vertrauen können, daß der Rest völlig bedeutungslos wird.

Ich kann nicht aufhören, mich darüber zu wundern, wie wenig manchmal über den Lauf eines Lebens entscheidet. Zwei Zentimeter Körpergröße mehr oder weniger, zwei Zentimeter rechts oder links im Genick, zwei Minuten früher oder später in einem Flugzeug.

10

Einige Wochen nachdem ich im Hotel Dak eingecheckt hatte, weihte mich Amadou in seinen Plan ein: Er würde abhauen. Aus dem Cargo sollte eine alte Kühlanlage abgeholt werden, in der er sich verstecken wollte. Alles, was er brauchte, war ein zweiter Mann, der ihm half, durch das Dach des Lagers zu steigen. Die Kühlanlage sollte nach Darmstadt gebracht werden, wo wir bei Bekannten von ihm unterkommen könnten.

»Warum fragst du nicht Volinka oder Muki?«

»Volinka riskiert nichts mehr, sein Jahr ist fast um, und Muki will nur noch zurück in die Mongolei.«

Ich dachte an die sechshundertachtzig Euro, die ich noch hatte. Wie weit würde ich mit ihnen kommen – ohne Papiere? Was käme danach?

»Tut mir leid«, sagte ich. »Ich will Pilot werden.«

»Sei nicht blöd, Mann! Ich kenne Leute, die besorgen uns einen Anwalt, und dann kriegen wir ein ordentliches Verfahren – ganz offiziell – und richtige Papiere und eine Aufenthaltsgenehmigung! Danach kannst du von mir aus Astronaut werden.«

Es klang wie die Fassung aus einem Asylantenmärchenbuch. Mein eigenes Verfahren war mir noch lebhaft in Erinnerung. Ich wußte, wenn ich mich auf Amadous Plan einließ, dann vor allem seinetwegen, besser gesagt: unseretwegen. Ich wollte nicht, daß er ging. Nicht ohne mich.

»Ich überleg's mir«, sagte ich.

»Aber nicht zu lange. In zwei Wochen holen sie die Kühlanlage ab.«

11

Ich wachte auf, weil sich jemand an meiner Röhre zu schaffen machte. Hatte der Sicherheitsdienst einen Tip bekommen und sich heimlich Zutritt zu unserem Versteck verschafft? Unwahrscheinlich. Die Leute vom Sicherheitsdienst waren allesamt Bauern – glup kak probka – und hätten im Dunkeln nicht einen Fuß vor den anderen setzen können. Eher hätten sie sich mit einer Hundertschaft vor der Tür postiert, sie aufgesprengt, ohne zu prüfen, ob sie überhaupt verschlossen war, den Raum mit 12000 Watt geflutet und »Achtung!« geschrien. Volinka war für die Tür verantwortlich. Hatte er wie üblich vergessen, sie abzuschließen, oder hatte er heute ausnahmsweise daran gedacht?

Ich hielt den Atem an ... und hörte den eines anderen, direkt vor mir, keine Armlänge entfernt. Um mich weiter in das Rohr zurückzuziehen, war es zu spät, der Eindringling mußte bereits zur Hälfte ins Rohr gestiegen sein. Meine einzige Chance, wenn ich überhaupt eine hatte, bestand darin, mich völlig ruhig zu verhalten.

Nichts.

Plötzlich ging eine Taschenlampe an und beleuchtete von unten ein Gesicht, das nur eine Handbreit von meinem entfernt war. Eine Reihe weißer Zähne blitzte auf.

»Amadou! Du hast mich zu Tode erschreckt! Was soll das?«

Amadou lachte sein tiefstes Lachen, er amüsierte sich köstlich. Dann griff er nach meinem Abreißkalender und hielt ihn mir vor die Nase.

»Na? Was siehst du?«

Ich glotzte den Kalender an wie einen Außerirdischen.

»Ich sehe den zwölften Juli. Hast du mich deshalb aufgeweckt?«

»Es ist ...«, er sah auf seine riesige Armbanduhr, »sieben Minuten nach Mitternacht, der zwölfte Juli war gestern. Reiß ab.«

Ich riß das Blatt ab.

»Und jetzt?« fragte ich.

Er wedelte mit dem Kalender.

»Fällt dir nichts auf?«

Ich starrte das Blatt an – und dann sah ich es.

»Heute ist mein Geburtstag«, sagte ich.

Ich hatte das Datum erwähnt, als ich ihm erklärt hatte, warum ich so ein Pechvogel war: »Muß an meinem Geburtstag liegen«, hatte ich philosophiert – der dreizehnte Juli 1973. Ein Freitag.

»Schön, daß du dich daran erinnerst«, sagte Amadou. »Und jetzt zieh dich an. Ich hab' ein Geschenk für dich.«

Wir schlichen aus unserem Versteck, liefen durch notbeleuchtete Gänge und eine mir bis dahin unbekannte Halle am Westende des Flughafens und traten in die Nacht hinaus. Vereinzelte Maschinen standen wie schlafende Dinosaurier auf einem abgelegenen Vorfeld, den Rest schluckte die Dunkelheit. Über den Himmel hatte jemand einen Sternenteppich gespannt – nur für mich –, und eine kühle Brise strich über das Gelände.

»Steh nicht blöd in der Gegend rum und glotz die Sterne an«, sagte Amadou, »komm!«

»Was hast du vor?«

»Komm einfach.«

An eine abseits parkende Maschine waren zwei Fluggasttreppen herangerollt worden. Neben dem Geländer blieb Amadou stehen und nahm, so gut es ging, Haltung an.

Ich sehe ihn noch vor mir, mit seiner schiefen Mütze und seinem orangefarbenen Hemd, das so unauffällig war wie eine Leuchtboje. Ihm war es egal. Er hatte keine Angst. Er dachte nicht mal daran, daß er Angst haben könnte. Ihn würden sie niemals kriegen. Wenn die anderen Katzen waren, dann war er ein Vogel.

»Sir«, sagte er und räusperte sich, »Sie möchten Pilot werden? Nun, Sir, dies ist, wie Sie sehen, ein A 340 der Malaysia Airlines. Sie gehört Ihnen – heute nacht.«

»Mach keine Witze.«

»Würde ich mir niemals erlauben, Captain, Sir. Die Tür ist offen, ready for take-off.«

»Du lügst.«

Amadou wurde es zu blöd: »Hast du heute Geburtstag, oder hast du heute Geburtstag?«

12

Ich stieg die Stufen empor. Auf der Plattform blies der Wind etwas stärker. Von Amadou war kaum mehr zu sehen als das Hemd und seine Zähne. Er machte eine Bewegung wie um lästige Tauben zu verscheuchen: Mach schon! Rückblickend kommt es mir so vor, als habe sich in diesem Moment unser Schicksal entschieden, mit mir auf der Treppe, dem Himmel zugewandt, und ihm unten auf dem Asphalt.

Die Tür war tatsächlich unverschlossen. Meine Augen mußten sich an die Dunkelheit gewöhnen. Das schwache Licht der Vorfeldbeleuchtung sickerte durch die Fensteröffnungen wie phosphoreszierender Staub, schemenhaft zeichneten sich die Umrisse der Sitze ab.

Ich wußte aus Filmen, wie es im Innern eines Cockpits aussah. Als Kind waren das die einzigen Szenen, die mir im Gedächtnis blieben. Geschichten und Gesichter vergaß ich nach spätestens einer Woche, aber ein trudelnder Kampfjet, dessen Höhenmesser den schicksalhaften Sturzflug mit einer durchdrehenden Nadel dokumentierte, hatte sich automatisch einen Platz auf Lebenszeit gesichert.

Jetzt saß ich selbst in einem Cockpit und bestaunte die vielen Hebel und Knöpfe, von denen jeder sein eigenes Geheimnis barg. Ich schob den Sessel nach hinten und gurtete mich an, den Kopfhörer legte ich mir um den Hals. Ich nahm das Mikro und führte es zum Mund.

»Malaysia Airlines twenty-four seven ready for take-off.«

Ich schloß die Augen, legte den Kopf in den Nacken und zog die Schubhebel herunter. So würde es sich anfühlen – eines Tages.

Von draußen kam ein Pfeifen. Amadou stand auf dem Vorfeld mit zwei Leuchtstäben und gestikulierte herum wie ein Einweiser mit drei Promille. Als wäre sein Hemd nicht bereits auffällig genug. Ich tat, als befolge ich seine Anweisungen, und streckte ihm einen hochgehaltenen Daumen entgegen.

Und dann geschah etwas Merkwürdiges. Aus der Passagierkabine drang eine Frauenstimme ins Cockpit: »Ladies and gentlemen, we welcome you on board the Malaysia Airlines flight zero-two-zero ...«

Ich glaubte zuerst, versehentlich einen Knopf gedrückt und eine automatische Ansage aktiviert zu haben, doch die hätte sich sicher nicht versprochen.

»... Please make sure your seats are ... like this ...«

Was war das? Und wie sollte ich unbemerkt hier rauskommen? Der Ausgang war gleich hinter dem Cockpit: Ich mußte versuchen, mich ... an wem auch immer vorbeizuschleichen, und hoffen, keine Aufmerksamkeit auf mich zu ziehen. Vorsichtig löste ich den Gurt, legte den Kopfhörer auf den Sessel und öffnete lautlos die Tür.

Zunächst sah ich nur einen uniformierten Arm, der ab und zu hinter der Kabinenwand hervorkam und unsichtbaren Passagieren den Gebrauch der Sauerstoffmasken demonstrierte. Als ich mich etwas weiter herauswagte, erkannte ich eine Frau, die mir den Rücken zugewandt hatte und sich mit eleganten Bewegungen eine Schwimmweste anlegte. Ihre schwarzen Haare waren zu einem dicken Zopf zusammengebunden. Als sie den verwaisten Sitzreihen die Handhabung der Westen erklärte, schnappte deutlich hörbar das Schloß des Cockpits ein.

Sie fuhr herum, ihr Arm hielt in der Bewegung inne. Keiner wagte eine Bewegung, keiner sagte ein Wort. Unsere Blicke hielten sich gegenseitig in Schach. Von vorne kam sie mir kleiner vor, zierlicher, ihre schwerelose Hand schmal und zerbrechlich. Ihr Gesicht war vollkommen symmetrisch, der Blick eine Mischung aus Furcht und Neugier.

Ich hatte noch nie solche Augen gesehen, ja kljanus. Sie waren groß genug und tief genug, daß man die Nacht darin hätte versenken können. Der Staub um sie herum schlug im Rhythmus ihres Atems sachte mit den Flügeln – tanzendes Licht, das sie langsam umkreiste, während sie selbst stillstand.

Ich glaube, das Licht war schuld: So, wie es in die Kabine fiel und ihre Silhouette einrahmte, hatte ich keine Chance, mich nicht zu verlieben. Ihre matte Haut schimmerte geheimnisvoll, wie ein ungehobener Schatz auf dem Meeresgrund, und mich überkam das Verlangen, sie zu berühren.

Wie ferngesteuert hängte sie das Mikro ein und löste die Schwimmweste, ohne den Blick von mir zu nehmen. Ich wollte etwas sagen. Aber was? Es mußte etwas Großes sein, etwas Einmaliges, das für sich stehen würde, unverrückbar, wie der Obelisk auf dem Petersplatz.

»Ich bin kein Pilot«, sagte ich.

»Ich habe nur sauber gemacht«, sagte sie, ihre Stimme raschelte wie Seidenpapier.

Dann wurde die Tür aufgerissen, Amadou polterte herein, und der Zauber zerplatzte wie eine Seifenblase: »Hey, Pilot, wir müssen gehen.«

Die Stewardeß griff hektisch nach ihrem Rucksack und floh den Gang hinunter. Bevor sie aus der hinteren Tür stürzte, blickte sie sich noch einmal kurz nach mir um, dann war sie weg. Amadou sah mich an, als habe er geträumt, eine Stewardeß sei eben den Gang hinuntergerannt und durch den hinteren Ausgang verschwunden.

Wir streckten unsere Köpfe aus der Tür: Über das Vorfeld huschte ein Schatten, der kurz darauf hinter einer Glastür verschwand. Ihre Schritte schienen dem Schatten zu folgen, ich hörte sie noch, nachdem er bereits verschwunden war.

»Die war echt«, sagte Amadou, und weil ich nichts erwiderte: »Wer war das?«

»Das war mein Geburtstagsengel.«

13

Etwas ist geschehen, doch ich weiß nicht, was es ist. Ein heimlicher Begleiter, der im verborgenen seine Kreise drehte, während ich mich alleine glaubte, im Ozean des Lebens, in einem Boot ohne Richtung. Und dann, ganz plötzlich, angekündigt einzig durch ein kurzes Zittern, schießt er aus der Tiefe empor wie ein Delphin und springt durchs Licht direkt vor meinen Augen. Jetzt ist er wieder abgetaucht, das Wasser ist glatt wie ein Spiegel, doch etwas ist anders:

Ich weiß, er ist da.

14

Als ich erwachte, war die vergangene Nacht nur noch ein Traum. Na ja, das mit dem Kalender stimmte: Er zeigte den dreizehnten Juli an, meinen Geburtstag.

Volinka klopfte gegen meine Röhre: »Wir sind spät dran!«

Ich kroch heraus. Mein erster Blick fiel auf das Poster mit der Strandschönheit: Mit Malaysia Airlines werden Ihre Träume wahr.

»Hör auf, die Frau anzuglotzen«, sagte Volinka, »Zieh dich lieber an, wir müssen vor zehn Minuten an Gate zwölf gewesen sein.«

Amadou kam vorbeigeschlurft und grinste breit.

»Gut geschlafen?«

Ich versuchte meine Gedanken zu ordnen: »Amadou?«

»Was, mein Freund?«

»Wir sind nicht zufällig letzte Nacht auf das Vorfeld rausgeschlichen? Du und ich, meine ich.«

»Wovon redest du, Mann?«

»Und ich bin nicht in einen Airbus gestiegen, und du hast nicht meinen Einweiser gespielt?«

»Was ist mit dir los? Hast du Drogen genommen? Gleich fragst du mich noch, ob ich nicht auch diese hübsche Stewardeß gesehen habe, die vor uns geflohen ist. Nein, Mann, hab' ich nicht!«

Wer war die unbekannte Schöne? Und was hatte sie mitten in der Nacht in einem Flugzeug verloren? Vor meinem inneren Auge spielten sich immer wieder dieselben Szenen ab: Ich sah ihren Arm, ihren Rücken, wie sie mit ihrem Rucksack den

Gang hinunterlief, und ich sah ihren warmen, sehnsüchtigen, verängstigten Blick.

»Alexej, aufwachen!«

Amadou wedelte mir mit meinen Schuhen vor der Nase herum: »Vergiß sie. Die Stewardessen gucken einen wie uns nicht mal mit dem Hintern an. Wenn wir erst mal draußen und in Freiheit sind, dann kannst du jede Menge Fräuleins kennenlernen.«

»Die ist anders«, sagte ich versonnen.

Volinka und Muki kamen hinzu und machten besorgte Gesichter – ich saß vor einem Tribunal.

Volinka: »Was hat er gesagt?«

Amadou: »Er hat gesagt, sie ist anders.«

Muki: »Sieht nicht gut aus.«

Volinka beugte sich vor, zog meine Augenbraue hoch und inspizierte die Iris.

»Der Befund ist eindeutig«, wandte er sich an Muki und Amadou.

Muki: »Und? Was ist es?«

Volinka: »Ein besonders schwerer Fall von … Romantismus.«

Amadou: »Oh, nein, nicht Romantismus!«

Muki: »Allmächtiger!«

Amadou: »Wie stehen die Chancen?«

Volinka: »Ich fürchte, es ist Typ X.«

Amadou: »Oh, Gott, nicht Typ X!«

Muki: »Das heißt …«

Volinka: »Ja. Das heißt, er ist hoffnungslos verliebt.«

Muki drehte sich weg, und Amadou schlug sich die Hände vors Gesicht.

»Ich muß sie wiedersehen«, sagte ich, und die drei liefen in verschiedene Richtungen davon, als hätte ich ihnen gesagt, ich habe die Pest.

Einen Tag lang ertrug Amadou meinen Hundeblick, dann wurde es ihm zu bunt.

»Mach dich nicht verrück! Die ist längst auf dem Weg zurück nach Malaysia.«

»Ist mir egal.«

Er überlegte einen Moment.

»Also schön: Ich hab' mich erkundigt. Die Maschine fliegt um vierzehn Uhr zwanzig. Ich zeig' dir, wo der Bus die Crew abholt.«

»Dann ist sie also noch gar nicht zurückgeflogen?«

»Mann, Alexej, was ist nur mit deinem Gehirn passiert? Woher soll ich das wissen? Wir wissen doch noch nicht mal, ob sie überhaupt zur Crew gehört.«

»Zeig mir einfach, wo der Bus abfährt. Sie wird da sein, verlaß dich drauf.«

Amadou hatte bloß noch ein Kopfschütteln für mich übrig.

Ich kam gerade noch rechtzeitig. Der Crewbus wartete mit laufendem Motor auf dem Vorfeld.

Die Hierarchien auf dem Flughafen unterscheiden sich nicht wesentlich von denen beim Militär: Es gibt Dekorierte, die haben was zu sagen und werden angehimmelt und beneidet. Dann geht es in feinen Abstufungen bis hinunter zum Flughafenpersonal, das niedere Dienste verrichtet wie beispielsweise Busfahren. Unter denen gibt es nur noch Leute wie mich. Ich bin nichts.

Viermal mußte ich an die Scheibe klopfen, bevor der Busfahrer sich herabließ, das Fenster zu öffnen. Es regnete in Strömen, Sommer in Deutschland.

»Holst du die Malaysia-Crew ab?«

Er schaute gelangweilt auf den Zettel an seinem Clipboard.

»Und?«

»Ist was Privates. Ich suche eine Stewardeß.«

Er lächelte milde auf mich herab: armer Tropf.

»Kann ich so lange im Bus warten?« bat ich. »Der Regen ist ziemlich … naß.«

Er überlegte einen Moment: »Is' schlecht gerade …«

Als die Crew endlich aus dem Gebäude kam, war ich völlig aufgeweicht.

Von den acht Stewardessen des Teams waren sechs so alt wie meine Großmutter, eine so dick wie meine Mutter und eine so dünn wie niemand, den ich kannte. Die Dünne hatte zwei Warzen auf der Wange, die so aussahen wie die Löcher einer Steckdose. Der Fahrer lehnte sich zu mir herüber.

»Es ist die kleine Dünne, stimmt's?«

Dann schloß er das Fenster und fuhr davon.

15

Amadou war neugierig: »Und?«

»Kein Und«, sagte ich.

»Sie war nicht dabei?«

Ich schüttelte den Kopf.

Warum nur war ich so besessen von der Idee, sie wiedersehen zu müssen? Was erhoffte ich mir davon? Wir hatten uns höchstens eine Minute gegenübergestanden. Dachte ich, daß sie mir um den Hals fallen und schluchzen würde: »Alexej, endlich hab' ich dich gefunden!«

Die Umstände unserer ersten und einzigen Begegnung waren so kurios gewesen, daß ich mir einbildete, es müsse ein tieferer Sinn dahinter verborgen liegen. Heute weiß ich es.

Wenn man illegal in einem Land lebt, dessen Sprache einem fremd ist, und illegal an einem Ort arbeitet, mit einem falschen Paß, dessen Besitzer irgendwann verschollen ist, und in einer Röhre schläft und ausschließlich Dinge tut, die nirgendwohin zu führen scheinen, dann fällt es einem manchmal schwer, nicht zu vergessen, wer man eigentlich ist.

War das der Grund, weshalb ich nicht aufhören konnte, an sie zu denken? Wußte ich, wer ich war, solange ich wußte, daß es sie gab? Mir kam ein komischer Gedanke: War das Liebe? Ich meine die Ursubstanz, das, was die Liebe zu den Eltern, den Freunden und der Geliebten miteinander verbindet? Bedeutet zu lieben zu wissen, wer wir sind, solange wir Menschen haben, für die wir empfinden können? Brauchte ich »sie«, um in dem Getriebe meines Lebens nicht unterzugehen?

Weiter kam ich mit meinen komischen Gedanken nicht,

denn in diesem Moment fiel mir die Tasche, die ich hatte verladen wollen, auf die Füße. Amadou hob sie auf.

»So geht's nicht weiter«, sagte er und warf einen Blick zur Deckenkamera. »Los, komm mit.«

Hinter dem Rücken der Kamera schlichen wir in eine andere Halle. Ungefähr fünfzehn Bänder führten wie Rolltreppen in die nächst höhere Ebene. Vor einem blieb Amadou stehen. In unregelmäßigen Abständen kamen Gepäckstücke aus der Decke. Ich blickte ihn fragend an.

»Zwischenprüfung: Du willst doch schließlich mal dein Gepäckverladediplom machen. Also ... wohin sind diese Koffer unterwegs?«

Manche Nationalitäten konnte ich inzwischen am Gepäck erkennen: Amerikaner reisten gerne mit riesigen Hartschalenkoffern, bei den Türken wimmelte es von Plastiktüten und Kartons, die mühsam von Klebebändern zusammengehalten wurden. Doch die Gepäckstücke, die hier das Band herunterkamen, sagten mir gar nichts.

»Österreich?« riet ich.

»Österreich? Ich hätte mehr von dir erwartet.«

»Australien?«

»Ach du meine Güte! So kriegst du nie dein Diplom. Denk doch mal nach ... na?«

»Malaysia!«

»Na bitte.«

Amadou wartete, bis die Kamera sich weggedreht hatte.

»Auf geht's.«

Wir sprangen auf das Laufband, kletterten die Rutsche hoch und streckten unsere Köpfe durch die Gummilamellen wie zwei Mäuse, die aus ihrem Loch kommen. Wir befanden uns hinter dem Check-in-Schalter von Malaysia Airlines. Zwei Frauen in Uniform fertigten mit müdem Lächeln Reisende ab. Amadou pfiff kurz durch die Zähne, und eine von ihnen drehte sich verwundert zu uns um. Er bedeutete ihr, die Kollegin am

Nachbarschalter auf uns aufmerksam zu machen. Zwei frisch Verliebte, die gerade eincheckten, machten bei unserem Anblick ein Gesicht, als würden sie am liebsten ihren Flug umbuchen.

Amadou winkte ihnen zu: »Hello! Your luggage?«

Er betastete zwei Koffer, die uns entgegenkamen, als seien sie genau das, wonach er schon sooo lange gesucht hatte.

»Very nice cases.« Er zwinkerte dem Pärchen zu: »I will have an eye on them.«

Die Kollegin am zweiten Schalter lehnte sich zurück: »Amadou! Verschwinde!«

Ihr Rock war hochgerutscht. Die Eincheckenden konnten es nicht sehen. Wir schon.

»Schicke Strümpfe«, sagte Amadou.

Sie strich mit gespielter Empörung den Rock glatt.

»Was wollt ihr?«

»Samira, sieh dir meinen Freund hier an! Er hat sich hoffnungslos in eine von euren Stewardessen verliebt. Wir haben sie neulich nacht in einer von euren Maschinen getroffen.«

»Ihr habt was? Hör zu, Amadou! Ich will gar nicht wissen, was ihr neulich nacht in einer von unseren Maschinen gemacht habt, aber wen immer ihr dort getroffen habt, war mit Sicherheit niemand von uns. Unsere Crews werden abends gesammelt in die Stadt gebracht. Da wird genau geguckt, ob auch alle da sind. Und jetzt macht, daß ihr wegkommt, bevor der Sicherheitsdienst was mitkriegt.«

Mit diesen Worten drehte sie sich wieder den Passagieren zu. Amadou sah mich an und zog die Schultern hoch.

»Sieht so aus, als müßte die Liebe warten, bis wir in Freiheit sind. Sorry, Mann.«

Amadou hatte recht. Realistisch betrachtet, jagte ich einem Phantom nach. Ich benahm mich wie ein Seljony, ein grüner Junge. Als hätte ich keine anderen Sorgen.

Am Abend im Versteck ging ich noch einmal zu ihm, nachdem er bereits in seinem Rohr verschwunden war.

»Die Sache mit der Kühlanlage ...«

»... Ja?«

»Bist du sicher, daß das funktioniert?«

»Verlaß dich auf mich.«

Ich zögerte einen Moment.

»Okay, ich bin dabei.«

Eine Hand kam aus dem Rohr wie eine Schlange.

»Schlag ein«, sagte Amadou.

16

In meinem Traum bin ich glücklich, und alle meine Wünsche gehen in Erfüllung.

Asis ist da. Ich halte ihn auf dem Arm. Er lacht. Wir laufen eine Galerie im Flughafen hinunter, Hand in Hand, mein großer Junge und ich. Wir haben alles, was wir wollen.

Ich drehe mich, hundertfach werfen die Schaufenster mein Bild zurück, der Glanz von tausend Lichtern füllt die Kuppel. Die Geschäfte fliegen an mir vorbei, schneller, immer schneller, bis ich mich gar nicht mehr spüre und die Lichter zu einem endlosen leuchtenden Band verschmelzen.

Asis ist bei mir!

17

Nachdem ich Rostislav mein Fernglas ins Genick geschlagen und in einer Sekunde mein ganzes bisheriges Leben verbrannt hatte, hatte sich meine Wahrnehmung verändert: Ich war mein eigener Beobachter geworden und verstand nicht mehr wirklich, was um mich herum vorging. Ein Gefühl, das sich nach der nächtlichen Begegnung mit der mysteriösen Schönheit noch verstärkt hatte. Den vorläufigen Höhepunkt allerdings erreichte es, als Amadou und ich nach dem desillusionierenden Ausflug zum Malaysia-Airlines-Schalter an unsere Arbeitsstätte zurückkehrten: Ich hatte meinen Platz am Band wieder eingenommen, als mich von hinten etwas unsanft in die Kniekehle stupste: Eine Ziege!

Sie sah mich herausfordernd an, als hätte ich ihr etwas versprochen. Ich blickte mich um: Am Tor standen noch zwei, und eine weitere versuchte, den Reißverschluß einer bereits aufgeladenen Tasche zu öffnen, die etwas Eßbares zu enthalten schien. Wir ließen alles stehen und liegen und liefen auf das Vorfeld hinaus.

Ein Bus vom Bundesgrenzschutz war einem Tiertransporter in die Seite gefahren, dessen Käfig daraufhin aufgesprungen war. Mindestens zwanzig Ziegen standen wie orientierungslose Touristen in der Gegend herum. Zwei Grenzer und die Fahrer der Wagen liefen hilflos umher und versuchten, die Tiere wieder zusammenzutreiben. Ich kannte den Bus: Die Algerierin mit dem Kind war darin abgeschoben worden, und für mich war auch schon ein Platz reserviert gewesen.

Plötzlich waren seltsame Laute zu hören, eine Mischung aus Pferdewiehern, Ziegenmeckern und dem Blöken von Schafen, und die Ziegen, die bis dahin ziellos herumgeirrt waren, blieben stehen und horchten auf.

Einer der Grenzer fuhr seinen Kollegen an: »Was macht *der* denn hier? Bring den sofort in den Bus zurück!«

Wen meint der bloß, dachte ich, und dann sah ich ihn: Togo. Er kam um den Bus herumgeschlichen, wedelte mit den Armen und produzierte diese komischen Geräusche. Keiner wußte so recht, was er da eigentlich machte, es hätte eine Tanzperformance oder modernes Theater sein können, aber es funktionierte: Nach und nach kamen die Ziegen angelaufen und versammelten sich um ihn.

»Ei, laß doch«, rief der andere Grenzer. »Der Schwarze und die Ziegen sprechen dieselbe Sprache, das sieht man doch.«

Und zu Togo: »Mach ruhig weiter. Tu die Ziegen zusammentreiben, immer weiter, yes yes!«

Togo schob sich in Wellenbewegungen über das Vorfeld und sammelte die Ziegen ein, die um seine Beine strichen wie Katzen und sich von ihm streicheln ließen. Langsam führte er sie zum Käfig zurück. Wir anderen standen alle nur rum und staunten.

»Das glaube ich nicht«, sagte Amadou wie zu sich selbst.

»Das ist Magie!« rief Volinka aus.

Togo führte die Herde zum Transporter zurück, und bereitwillig ließen sich die Ziegen von den Grenzern und den beiden Fahrern wieder in ihren Käfig sperren. Als die letzte von ihnen verschwunden war und der Fahrer erleichtert das Tor zudrückte, war Togo ebenfalls verschwunden.

»Das gibt's doch gar nicht«, wunderte sich der Grenzer.

»Seibel!« schrie der andere. »Wo ist der Schübling?«

»Ei, woher soll ich das wissen? Der is' ja plötzlich wie vom Erdboden verschluckt. Vielleicht hat er sich zusammen mit den Ziegen in' Käfig sperren lassen. Zuzutrauen wär' ihm das. Der hat die ganze Zeit über schon so einen verschlagenen Eindruck auf mich ausgeübt.«

Der Schreihals wandte sich an den Fahrer: »Käfig öffnen!«

Die Show war vorbei. Den Rest konnte ich mir sparen, denn eins war klar: Togo konnte überall sein, aber ganz sicher war er nicht in dem Ziegencontainer. Ich ging in die Halle zurück. Neben dem Rolltor flog ein Schatten über die Wand. Die Kamera war gerade anderweitig beschäftigt.

»Hier rüber«, rief ich.

Togo kam durch die Halle gesegelt, die Grenzer waren bereits im Anmarsch.

»Die Halle durchsuchen«, hörte ich den einen rufen, der andere war mit seinem Funkgerät beschäftigt: »Ich glaub', wir brauchen Verstärkung …«

Ich verstaute Togo unter dem Gepäckband und stellte eine Kiste davor. Als die Grenzer kamen, war ich ganz in meine Arbeit vertieft.

»Uns ist ein Schwarzer abhanden gekommen. Haben Sie den vielleicht gesehen? Also … ein Neger, mein' ich jetzt.«

Ich zog die Schultern hoch und machte ein Unschuldsgesicht.

»Seibel! Hier rüber!« tönte es vom anderen Ende der Halle. »Hier ist was!«

Seibel lief zu seinem Kollegen, und gemeinsam verhafteten sie eine Ziege, die sich verirrt hatte. Ich wartete, bis die Kamera einen anderen Teil der Halle observierte, dann zog ich Togo aus dem Versteck, führte ihn zu einem der Bänder und setzte ihn in eine Kiste.

»Das ist noch nicht das Ende«, sagte er und lächelte mich an, seine kalte Hand auf meinem Unterarm.

Ich sah ihm nach, wie er im Bauch des Flughafens verschwand. Er hatte recht behalten: Wir hatten uns, wie er es prophezeit hatte, wiedergesehen. Und diesmal zweifelte ich nicht an seinen Worten: Das war noch nicht das Ende.

18

Es war der heißeste Tag des Jahres, jedenfalls habe ich ihn als solchen in Erinnerung. Stundenlang hatten wir die Signallampen der Landebahnen geputzt und ratterten jetzt in unseren Kisten durch die Unterwelt, auf dem Weg nach 207, wo wir ein defektes Laufband ersetzen sollten, indem wir das Gepäck mit Sackkarren hin- und herfuhren.

Noch nie hatte ich die Kühle angenehmer empfunden, die einen umfängt, sobald man in die Tunnelanlage eintaucht. Mein Gesicht und Oberkörper waren schweißverklebt, und meine Schultern fühlten sich an, als wolle jemand die Haut von ihnen abziehen. Ich hatte einen furchtbaren Sonnenbrand bekommen. Wenn man unter Tage lebt, benötigt man im Normalfall keine Sonnencreme.

Ich zog die Knie an, legte meinen Kopf auf ihnen ab, schloß die Augen und bekam Heimweh. Die Musik fehlte mir, Vaters Musik. Ich selbst bin völlig unmusikalisch, aber mein Vater spielt seit vierzig Jahren in einer Jazzband. Meine Kindheitserinnerungen sind getränkt von dem sehnsüchtigen Ruf seiner Trompete, der bis ins Treppenhaus drang. Später, als ich längst mein eigenes Leben führte, war das noch immer der schönste Moment für mich, wann immer ich bei meinen Eltern war: wenn Vater die Trompete aus dem samtgefütterten Koffer nahm, das Mundstück aufsetzte, sich die Lippen leckte und mit einem melancholischen Solo die Wände zum Sprechen brachte. Dann war ich zu Hause.

Ich fing an zu träumen und stellte mir vor, wie Vater an der Wand lehnen, seine Musik den Tunnel erfüllen und er mir im Vorbeifahren zulächeln würde.

Volinka pfiff durch die Zähne.

»Ladies! Ihr fahrt in die falsche Richtung!«

Ich schlug müde die Augen auf, ohne den Kopf von den Knien zu nehmen. Auf dem entgegenlaufenden Band kamen zwei Putzfrauen an uns vorbeigerauscht. Mein Blick hakte bei ihnen ein, ohne etwas zu sehen. Eine von ihnen schaute zu uns herüber. Sie legte den Kopf schief und lächelte mir zu, dann hob sie die Hand und winkte schüchtern. Und dann endlich erkannte ich sie: Es war die Stewardeß, meine Stewardeß, die aus dem Flugzeug! Der Geburtstagsengel! Und sie war gar keine Stewardeß, sondern eine Putzfrau! Kein Wunder, daß ich sie nicht gefunden hatte, ich hatte an den falschen Stellen gesucht.

»Amadou!« rief ich und klopfte ihm hektisch auf die Schulter. »Amadou, hast du gesehen?«

»Die beiden Putzfrauen? Klar hab' ich die gesehen.«

»Nein, ich meine ...«

Ich lehnte mich aus meiner Kiste, so weit es ging, und blickte ihnen nach. Alles, was ich tun konnte, war, ihr gerade noch zuzuwinken, als Zeichen, daß ich sie erkannt hatte, bevor sie um die Ecke bog und eine Stahlstrebe mir von hinten gegen den Arm schlug. Betäubt und berauscht ließ ich mich in meine Kiste zurückfallen.

»Was ist denn mit dir los?« fragte Amadou.

»Das war sie«, sagte ich und rieb mir den Arm.

»Das war wer?«

»Die aus dem Flugzeug, mein Geburtstagsengel! Hast du sie nicht erkannt?«

»Das waren zwei indische Putzfrauen – ich glaub', dein Gehirn ist dir in die Hose gerutscht.«

»Amadou! Ich schwöre es dir, das war sie!«

»Eine putzende Stewardeß?«

Ich erinnerte mich an unsere Begegnung im Flugzeug: »Ich habe nur saubergemacht«, hatte sie gesagt.

»Vergiß das mit der Stewardeß. Sie ist keine Stewardeß. Sie ist Putzfrau, hier im Flughafen!«

»Glückwunsch. Und jetzt schlag sie dir aus dem Kopf, egal, was sie ist. In einer Woche sind wir hier raus.«

Ich war mit meinen Gedanken ganz woanders: »Was machen die hier unten?«

»Dasselbe wie wir: Karussell fahren.«

»Ich meine: Wo wollten die hin?«

»Es stand nicht auf ihrer Kiste, Mann. Im Flughafen gibt's fünfzehntausend Räume. Ich schlage vor, du fängst bei eins an und arbeitest dich langsam hoch.«

Im ersten Moment fand ich die Idee bestechend. Irgendwo mußte sie schließlich sein, und jetzt, wo ich wußte, daß sie im Flughafen arbeitete, konnte es nur eine Frage der Zeit sein, bis ich sie wiedersah. Am liebsten wäre ich sofort vom Band gesprungen und hätte die erstbeste Tür aufgerissen.

19

Wenn es sein soll, hat meine Mutter früher gesagt, dann begegnet man sich immer ein zweites Mal. Ist das Schicksal? Bin ich verliebt? Wenn das so weitergeht, weiß ich bald gar nichts mehr.

Diesmal, auf dem Laufband, sah er aus wie ein Kind, das träumt. Zuerst hat er mich gar nicht erkannt. Bevor ich um die Ecke gebogen war, hat er mir dann doch noch eilig zugewunken. Denise meint, er sieht aus wie ein Däne. Die haben noch nicht mal eine eigene Fluglinie, soweit ich weiß. Das stört mich nicht. Er scheint im Flughafen zu arbeiten. Er ist stark, ich habe seine Muskeln gesehen, und er hat kräftige Hände, doch sie sind nicht grob.

Wenn es sein soll, hat meine Mutter gesagt …

20

Ein Hämmern an der Tür riß uns aus dem Schlaf, Dak mußte schon eine Weile vergeblich geklopft haben.

»Macht endlich auf«, hörte ich seine Stimme dumpf durch die Tür.

Volinka, der ausnahmsweise daran gedacht hatte abzuschließen, machte Licht und lehnte sich mit einem verschwörerischen Grinsen gegen die Tür.

»Wer ist da?«

»Willst du mich verarschen? Ich bin's, Dak! Mach schon auf!«

»Erst das Klopfzeichen.«

»Volinka, du nervst!«

»Dann nicht.«

Widerstrebend klopfte Dak das vereinbarte Zeichen: zweimal kurz, einmal lang, zweimal kurz. Volinka ließ ihn herein. In einer Hand hielt Dak ein Sandwich, in der anderen ein Bier. Er sprach mit vollem Mund.

»Es gibt zusätzliche Arbeit: Die Glaskuppeln der neuen Ladenstraße müssen geputzt werden. Es ist dringend. Morgen ist Einweihung, da muß es aussehen wie geleckt. Ich zahle jedem dreißig Euro extra.«

Volinka drehte sich müde um, blinzelte mir heimlich zu und tat, als wolle er sich wieder hinlegen.

Dak: »Okay, vierzig. Kommt, Jungs, laßt mich nicht hängen.«

Wie immer, wenn Dak etwas von uns wollte, probierte er es mit der Wir-sind-doch-alle-dicke-Kumpels-Tour. Volinka schüttelte sein Kopfkissen auf und streckte sich.

Dak: »Fünfzig. Das ist mein letztes Wort.«

Genüßlich grinsend drehte Volinka sich um: »Vorher.«

»Was? Bist du verrückt geworden? Erst die Arbeit, dann das Geld.«

»Gute Nacht«, sagte Volinka.

Er steckte schon wieder mit einem Bein in seiner Röhre.

»Also schön«, stöhnte Dak, zog ein Bündel aus der Innentasche und zählte uns die Scheine ab. Dabei machte er ein Gesicht, als würde er sich eigenhändig die Zehennägel ausreißen.

Wir kletterten auf die Ladefläche von Daks Transporter, verließen die Eingeweide des Flughafens und schaukelten über das Vorfeld zum neuen Terminal hinüber.

Es fühlte sich gut an. Die Luft war lau, der Mond überzog alles mit einer Silberfolie, und jeder von uns hatte fünfzig Euro in der Tasche. Zu viert würde die Arbeit in ein paar Stunden erledigt sein, zwischendrin würden wir uns auf das Dach setzen, die Beine baumeln lassen, Beck's trinken, Davidoff-Zigaretten rauchen und den Himmel ansehen.

Durch die Glaskuppel konnten wir die gesamte Duty-Free-Passage überblicken, die Welt der Schönen und Reichen: Eine Welt aus handgefertigten Wohlgerüchen, aus Marmor und Messing, aus Plastik, das wie Silber glänzt, und aus Edelholzfurnier auf Preßspanplatte – eine Welt, von der wir nur die Rückseite kannten.

Die Vorbereitungen für die Einweihung liefen auf Hochtouren: Counter wurden poliert, Stühle gerückt, Teppichböden verklebt. Geschäftige Menschen bewegten sich wie Insekten in einem Terrarium. Eines der Insekten kam in einem Lufthansa Club Car in die Passage gefahren.

»Schube ist mal wieder auf Frauenfang«, stellte Volinka fest.

Amadou: »Mit dem Wagen kann er bei den Weibchen sicher Eindruck schinden.«

»Unsinn«, widersprach Volinka. »Den braucht er, um seine Kräfte zu schonen.«

Mukis Kommentar fiel wie immer minimalistisch aus: »Schub-Schub-Schube.«

Das Elektromobil fuhr unter uns hindurch und steuerte eine Putzkolonne an. Eine der Frauen löste sich aus der Gruppe und ging zu Schube hinüber. Sie sprachen kurz miteinander, dann steckte er ihr ein Kuvert zu.

»Schaut mal, er hat eine an der Angel«, bemerkte Volinka.

Aus irgendeinem Grund hörten alle außer Muki auf zu arbeiten.

Amadou machte eine Entdeckung: »Hey, Alexej, ist das nicht …«

Ich hatte sie längst erkannt, es war meine putzende Stewardeß. Erst hatte sie meine Träume vereinnahmt, jetzt nahm sie die Realität in Besitz. Dort unten stand sie, unerreichbar für mich, und redete mit dem größten Schürzenjäger am Flughafen.

»Ich sehe selbst, wer das ist«, schnitt ich Amadou das Wort ab.

Eifersucht brannte mir heiß in der Kehle. Darüber ärgerte ich mich noch mehr als über Schube. Es machte mich so schwach.

»Meine Stewardeß …«, murmelte ich vor mich hin.

»Sie ist jedenfalls auf dem besten Wege dahin«, meinte Amadou.

Volinka: »Schube macht's möglich!«

»Schub-Schub-Schube.«

»Halt die Klappe, Muki«, sagte ich.

Schube schrieb etwas auf das Kuvert und fuhr aus der Halle. Sie öffnete den Umschlag, der einen Packen Formulare enthielt, die sie glücklich durchblätterte.

»Was hat er ihr gegeben?«

»Woher soll ich das wissen?« sagte Amadou.

»Vielleicht müssen seine Liebschaften neuerdings einen Antrag stellen«, meinte Volinka.

Muki hatte nichts Neues beizusteuern: »Schub-Schub-Schube.«

»Muki!«

Ich konnte meinen Blick nicht von ihr nehmen.

»Hier oben bin ich …«, flüsterte ich gegen die Scheibe.

»Wenn sie merken soll, daß du hier bist«, schlug Volinka vor, »dann mußt du ganz fest ihren Nacken fixieren.«

»Schau mich an …«

»Fester. Nicht aufhören«, sagte Volinka.

»Mach schon …«

Sie setzte sich auf eine Bank und steckte die Papiere wieder in den Umschlag zurück. Und dann passierte es tatsächlich: Sie kratzte sich im Nacken und sah zur Kuppel herauf. Sie schien nicht einmal überrascht, mich da oben an der Scheibe kleben zu sehen.

Volinka staunte: »Das glaub' ich nicht.«

Amadou gingen die Kommentare aus: »Wow!«

»Tausendmal hab' ich das schon versucht«, ärgerte sich Volinka, »und nie hat es funktioniert. Nicht ein einziges Mal!«

Muki blieb als einziger völlig ungerührt und unterbrach nicht einmal seine Arbeit. Er hätte sich auch dann nicht gewundert, wenn sie zur Kuppel emporgeschwebt wäre.

»Space is information«, war alles, was er zu sagen hatte.

»Jetzt wünsch dir, daß sie dir zuwinkt«, forderte Volinka.

Amadou: »Ja. Und weißt du, wann das passiert? Nie.«

Ich winkte ihr zu. Sie lächelte und winkte vorsichtig zurück. Amadou und Volinka verstummten, Muki seifte seine Scheibe ein. Ich war benommen von ihrem Lächeln, die Kraft wich aus meinem Körper, gleich würde ich wie Wasser die Scheibe runterlaufen. Ich streckte meine Arme aus, so weit ich konnte, am liebsten hätte ich die Kuppel umarmt.

Mein Engel stand auf und verließ die Halle. Kurz bevor sie außer Sichtweite war, drehte sie sich um, lächelte und winkte mir noch einmal zu. Und diesmal war es nicht verhalten und schüchtern, diesmal zeigte sie es ganz offen: Hallo, Alexej! Ich sehe dich. Ich lache dich an und winke dir zu. Ist nichts dabei, kann jeder sehen … Noch nie war ich dem Himmel näher.

Die nächsten Stunden verbrachte ich in Trance. Ich war so abwesend, daß ich einen bestimmten Menschen erst wahrnahm, nachdem ich ihn schon minutenlang beobachtet hatte: Togo. Keine Ahnung, wo der plötzlich herkam. Er stand direkt unter mir und war von einem Pulk von Asiaten umringt. Vor ihm auf dem Boden stand ein Sack, voll mit seinen Holzziegen.

Ich brauchte einen Moment, bevor ich begriff, was da unten vor sich ging: Die Asiaten kauften ihm die Ziegen ab! Sie waren ganz wild auf die Dinger und wedelten mit Geldscheinen vor seinem Gesicht herum. Gnädig nahm er die Scheine entgegen und zog langsam – eine nach der anderen – die Ziegen aus seinem Sack, die er alle noch einmal segnete, bevor er sie an ihre künftigen Besitzer weiterreichte. Er traf seine Auswahl sehr sorgfältig und betrachtete eingehend jede hevorgezogene Ziege, bevor er bestimmte, wer sie kaufen durfte, als sei jedem Exemplar von vornherein ein bestimmter Besitzer zugedacht.

Dann lag plötzlich nur noch der leere Sack auf dem Boden, und Togo war verschwunden. Erst hatten die Ziegen ihm zur Flucht verholfen, jetzt hatte er mit ihnen das Geschäft seines Lebens gemacht. Langsam wunderte ich mich über gar nichts mehr.

21

Wir sollten den Catering-Bereich putzen. Dafür hatten sich Amadou und Volinka sogar zu einer Spätschicht überreden lassen. Volinka spekulierte darauf, diverse Sachen zu »finden«, und Amadou lockte die Aussicht auf »all you can eat – for free«. Für freies Essen hätte man ihn sogar um vier Uhr morgens aus dem Schlaf reißen dürfen.

Wir standen am Eingang eines undurchsichtigen Raumgeflechts: Frauen in weißen Kitteln mit hellblauen Hauben auf den Köpfen sortierten mechanisch welke Salatblätter und eingeschweißte Graubrotscheiben auf vorbeifahrende Tabletts – dagegen war Putzen noch abwechslungsreich. Volinka gab mir eine Führung.

»Hier«, sagte er, während er mich durch den ersten Raum führte, in dem es nach Katzenfutter roch, »wird der Fraß für die Economy Class zubereitet.«

Einige der Frauen drehten sich nach Volinka um und lachten ihn an. Nach fast einem Jahr im Flughafen kannten ihn die meisten.

Ich staunte einmal mehr über die Wirkung, die von ihm ausging: Wann immer er einen Raum betrat, setzte augenblicklich eine Veränderung ein, egal, ob in unserem Versteck, in der Catering-Küche oder einer Abfertigungshalle. Es war etwas Unsichtbares, das sich verbreitete wie eine gute Nachricht.

Im angrenzenden Raum trugen die Frauen blaue Kittel, und es roch nach Fisch. Volinka machte eine ausladende Geste: Das war sein Reich.

»First and Business Class«, sagte er gravitätisch. »Das Land, wo Milch und Honig fließen, besser gesagt: Champagner und Kaviar.«

Er ging zu einer der Arbeiterinnen und legte ihr seinen Arm um die Schulter.

»N'Tutu, was hast du heute Gutes für deinen Liebsten?«

Die Frau ergriff eine Lachsscheibe und hielt sie lachend in die Höhe.

»Na, mein Kleiner, hast du schon wieder Hunger?«

Volinka ließ sich von ihr füttern wie ein wohlerzogener Hund, der gelernt hat, nicht nach der Hand zu schnappen. Einige der Frauen applaudierten, und N'Tutu deutete eine Verbeugung an.

Die hierarchische Ordnung im Flughafen fächert sich in zahllose Unterordnungen auf, feine Abstufungen innerhalb der einzelnen Klassen. Selbst in meiner, der Klasse der Nichtexistierenden, gibt es eine Rangfolge. Als jüngstes Familienmitglied stand ich in dieser Rangfolge ganz unten: ein Schatten, der noch nicht einmal geworfen worden war.

Ich schob mich neben Volinka und sondierte die Tabletts: Lachs, Parmesan, Crème caramel … Weshalb versorgte Dak uns immer nur mit Economy-Essen? Ich wollte eine Trüffelpraline greifen, als die Stimme des Aufsehers scharf durch die Luft schnitt.

»Finger weg! Du bist für die Economy Class eingeteilt. Zurück, und drüben saubermachen!«

Fragend sah ich Volinka an, der mich zur Seite nahm.

»In die First Class mußt du dich Stück für Stück hocharbeiten.«

Auch Amadou hatte sich noch nicht aus der Economy Class herausgearbeitet, doch ihm war das egal. Für ihn bedeutete Essen in erster Linie Sättigung, und dafür eigneten sich frittierte Hühnchen und Tiefkühlerbsen in Maggi-Sauce ebensogut wie Dillcreme und Hummersalat. Sogar die Kekskrümel auf der Arbeitsplatte waren für ihn noch eine Versuchung.

Unsere Aufgabe bestand darin, die Arbeitsflächen zu putzen und heruntergefallene Essensreste einzusammeln, damit die Putzfrauen den Boden wischen konnten. Der Aufseher verpaßte uns rosa Gummihandschuhe und winzige blaue Sahnehäubchen. Wir sahen aus wie Vollidioten.

Einer der Gründe, weshalb man als illegaler Bewohner des Flughafens niemals richtig zur Ruhe kommt, sind die Förderbänder. Entweder saß ich selbst auf einem, oder aber ich nahm Gepäck von einem ab oder legte es darauf. Nicht einmal jetzt, in der Catering-Küche, wurde ich sie los. Sie sind überall, und sie sind immer in Bewegung. Sie *sind* der Flughafen. Nichts kommt jemals wirklich dort an, alles geht nur durch.

Ich kroch auf allen vieren zwischen Dutzenden von Füßen unter dem Förderband herum, als ich über mir eine Stimme hörte: »Hallo, Captain!«

Es war eine von den indischen Putzfrauen, aber nicht meine.

»Erinnerst du dich nicht?« fragte sie und lachte.

Ich mußte ein Gesicht machen wie ein Cockerspaniel mit Schleifchen im Haar.

»Wir sind neulich aneinander vorbeigefahren. Auf dem Gepäckband ...«

Jetzt entsann ich mich: Als die Frau meiner Träume an mir vorbeigefahren war und ich sie zunächst nicht erkannt hatte, da hatte sie in der vorderen Kiste gesessen. Ich kroch unter dem Band hervor und stieß mir, so fest es ging, den Kopf an. Das mache ich immer bei solchen Gelegenheiten. Anschließend war mein Sahnehäubchen eingedellt und saß ganz schief auf dem Kopf.

»Woher weißt du, daß ich Pilot bin? Ich meine, woher weißt du, daß ich kein ... also ... das mit dem Pilot?«

Sie lächelte immer noch, offensichtlich hatte sie Mitleid.

Ich fing noch einmal von vorne an, wie in der Sprachschule: »Hallo. Ich bin Alexej. Wie heißt du?«

»Ich bin Denise. Hallo, Alexej.«

»Hallo, Denise. Ich erinnere mich an dich. Sag mal, deine Freundin ... Ist sie auch hier?«

»Nisha? Nein. Die übt mal wieder.«

Endlich! Meine Sehnsucht hatte einen Namen: Nisha. Nisha, Nisha, Nisha. Es klang wie der Name des Paradieses: Hallo, Nisha, guten Morgen, Nisha, willst du meine Frau werden, Nisha?

»Sie übt?«

»Sie will Stewardeß werden – unbedingt.«

»Das ist doch super!« mischte sich Amadou ein. »Dann könnt ihr immer zusammen fliegen.«

Er drehte sich mit ausgebreiteten Armen um die eigene Achse und machte Motorengeräusche dazu. Ich strafte ihn mit einem unwirschen Blick.

»Schon gut«, entschuldigte er sich, »ich dachte nur ...«

»Was dachtest du nur?«

Amadou friemelte das Stanniolpapier von einem Stück Schmelzkäse.

»Also ... eine indische Putzfrau, die Stewardeß werden will, und ein illegaler Russe, der davon träumt, Pilot zu werden – klingt, als hättet ihr eine großartige Zukunft vor euch.«

Er drückte den Käse auf eine bröselige Scheibe Pumpernickel, verknetete alles zu einer Kugel, schob sie sich in den Mund und lachte mir mit seinen verschmierten Zähnen mitten ins Gesicht.

In diesem Moment hätte ich am liebsten seinen Kopf in einen Teller mit Haferschleim gedrückt. Weshalb mußte er mir alles kaputt machen? Schön: Vielleicht war es nur eine Illusion, na und? Davon ernähren wir uns schließlich. Das ganze Leben ist nur eine Scheißillusion, und trotzdem glauben wir daran.

Heute weiß ich, er hatte Angst. Er fürchtete, ich könne ihn bei seinem Fluchtprojekt im Stich lassen. Außerdem grollte er, weil er wußte, daß, wie Muki gesagt hätte, die Dinge passieren, wie sie passieren, und daß es nichts gab, was er hätte tun können, um das zu ändern.

Ich schluckte meinen Zorn herunter und wandte mich wieder an Denise: »Sie *übt* Stewardeß?«

»Sie macht den ganzen Tag nichts anderes: ›Willkommen an Bord! Bitte nehmen Sie eine aufrechte Sitzposition ein und vergewissern Sie sich, daß Sie gut angeschnallt sind ...‹ Ich kann es schon nicht mehr hören.«

»Wo ist sie?«

»Wo bist du ihr denn zum ersten Mal begegnet?« fragte Denise und lächelte süffisant.

Ich wurde rot. Nisha mußte ihr von unserer nächtlichen Kollision erzählt haben.

»Ich geb' dir einen Tip«, fuhr sie fort, »heute hat sie eine KLM-Uniform an. Terminal 2 E.«

Was sollte ich machen? Ich brannte darauf, sie wiederzusehen, aber ich hatte noch mindestens anderthalb Stunden Arbeit vor mir. Bis dahin wäre Nisha sicher längst nicht mehr da.

Ich blickte mich um. Der Aufseher war nirgends zu sehen. Amadou schaute betont unbeteiligt in die Gegend, als hätte er keine Ahnung, was in mir vorging.

»Amadou?«

»Hm?«

Komm schon ...

»Ist was?«

»Jetzt sag schon was!«

»Was soll ich denn sagen? Geh halt endlich, und beeil dich, bevor der Schreihals wieder auftaucht.«

Ich riß mir die Haube vom Kopf und drückte sie Amadou in die Hand, als sei sie das Kostbarste, was ich besaß.

»Amadou?«

»Was denn jetzt noch?«

»Danke.«

»Hau endlich ab.«

22

Ich kletterte in die Turbinenöffnung. Von dort hievte ich mich auf die Tragfläche und schlich zum Notausgang. Das Bullauge zeigte nicht mehr als ein paar Sitzreihen. Meine Hände legte ich an den noch warmen Rumpf. Die Sonne war eben erst untergegangen, über Stunden mußte sie das Flugzeug aufgeheizt haben. Und dann kam sie: Nisha, meine Nisha. Moja Toska. Von ihrem Namen konnte ich gar nicht genug bekommen. Sie schwebte den Gang entlang und federte an mir vorbei, ohne mich zu bemerken.

Ich hatte mich so sehr danach gesehnt, sie wiederzusehen – es hatte wehgetan. Ein bißchen aber hatte ich mich auch gefürchtet: Was, wenn meine Erinnerung die Realität ausgetrickst hatte? Was, wenn der Rausch unserer ersten Begegnung verflogen war oder sich als Trugbild erwies?

Aber so kam es nicht. Die Kabine war von demselben Zauber erfüllt, der bereits an meinem Geburtstag das Licht um sie herum zum Tanzen gebracht hatte, und für die Länge eines reinen Gedankens war ich davon überzeugt, daß nicht die Sonne den Rumpf des Flugzeugs erwärmt hatte, sondern daß es in seinem Inneren glühte.

Als Nisha zurückkam, schob sie einen Trolley vor sich her und trug eine KLM-Uniform. Bei jeder neuen Sitzreihe blieb sie stehen und servierte den imaginären Passagieren mit sphärischem Lächeln ihre Getränke. Wir wußten nichts voneinander – die zwei Sätze unserer ersten Begegnung waren die einzigen, die wir gewechselt hatten –, und dennoch verfolgte bereits jetzt meine zärtliche Eifersucht jeden, der es eines Tages wagen würde, dieses Lächeln zu erwidern. Was hatte Volinka gesagt?

›Schwerer Fall von Romantismus.‹ Also, ich fühlte mich großartig mit meinem Romantismus, meine Krankheit verlieh mir Flügel.

Wie in der Nacht, in der ich die Kuppel der neuen Shopping-Mall liebkost hatte, erschrak Nisha auch diesmal nicht, als sie mich bemerkte. Sie schien bereits im voraus zu wissen, wann und wo wir uns begegnen würden. Ihr Lächeln weitete sich, und sie schüttelte den Kopf in gespielter Entrüstung: Was machen Sie denn schon wieder für Sachen? Ich deutete auf den Notausgang und verschränkte flehend meine Hände. Sie entriegelte die Tür, nahm sie heraus und stemmte die Fäuste in die Hüften. In der Öffnung sah sie wie ein weiß gerahmtes Gemälde aus.

»Captain! Wir befinden uns in zehntausend Metern Höhe über dem Meerespiegel. Ich muß Sie ersuchen, sofort hereinzukommen. Was haben Sie bei minus siebzig Grad auf der Tragfläche zu suchen?«

Ich stieg durch die Luke und wandte mich an die Passagiere: »Ladies and Gentlemen! Hier spricht Ihr Captain. Ich muß Sie darauf hinweisen, daß die Stewardeß an meiner Seite nicht echt ist. Es besteht jedoch kein Grund zur Beunruhigung: Sie konnte der Crew, also mir, glaubhaft versichern, nichts Böses im Schilde zu führen, und wurde angewiesen, allen Mitreisenden Freidrinks zu spendieren.«

Nisha ergriff das Wort: »Ladies and Gentlemen! Unser Captain hier ist ebenfalls nicht echt.«

Alles, was wir danach geredet haben, kam zu mir wie im Traum. Ich hörte mich sprechen, aber ich verstand nichts davon. Da war nur sie. Nisha. Der Glanz ihrer Haut, das Schwellen in meiner Brust, wenn sie lachte, und der Schwindel bei dem Blick in ihre Augen. Erst am nächsten Tag erinnerte ich mich Stück für Stück an das, was sie mir von sich alles erzählt hatte.

Irgendwann saßen wir nebeneinander auf der Tragfläche,

ließen die Beine baumeln und beobachteten, wie sich am Himmel das letzte Blau in Schwarz verwandelte. Ich spürte ihren Körper neben meinem und ihren kaum hörbaren Atem. Ich suchte nach etwas, das sie beeindrucken würde. Am liebsten wäre ich im Handstand auf der Kante der Tragfläche balanciert, aber ich kann keinen Handstand.

»Ich kann jeden Flugzeugtyp an seinem Turbinengeräusch erkennen«, sagte ich. Total albern.

»Wirklich?«

Ich bewies es ihr. Jedesmal, wenn hinter uns eine Maschine landete oder zum Start ansetzte, nannte ich ihr den Typ und erklärte, wie viele Sitze sie hatte und wie weit sie fliegen konnte: Boeing 737, Airbus 320, MD-81, 767, A 300 …

»Du meinst es ernst, oder«, sagte sie leise. »Du willst wirklich Pilot werden.«

»Und du Stewardeß …«

»Und ich Stewardeß.«

Ein Bus der Vorfeldaufsicht drehte seine Runde. Als wir ihn endlich bemerkten, stand er uns schon fast auf den Füßen.

»Komm, schnell«, sagte ich, kletterte in die Turbine und half Nisha von der Tragfläche. Wie zwei Kinder kauerten wir in der Öffnung und warteten pochenden Herzens, bis das Fahrzeug außer Sicht war. Ein weiteres Flugzeug setzte zum Start an.

»Warte«, sagte ich und spitzte die Ohren, »das ist …«

»… mein Knie.«

Meine Hand hatte die Verwirrung ausgenutzt, um heimlich Nishas Knie in Angriff zu nehmen. Nisha ergriff sie, streichelte meinen Arm und sah mir unverwandt in die Augen, und in diesem Moment – dort in der Stahltrommel, ihre Hand auf meinem Arm, im freien Fall in ihre Augen, den Zauber einer einzigartigen Nacht eingefangen in der Turbinenöffnung einer 737 – verlor ich meinen Verstand.

»Ich muß gehen«, sagte sie.

Ich war unfähig, etwas zu erwidern.

»Morgen nach der Arbeit bin ich auf dem alten Tower«, sagte sie zum Abschied.

Ihre Absätze trippelten eilig über den Teer, dann war sie verschwunden.

23

Mein ganzes Leben habe ich über ihn ausgeschüttet, als müßte ich alles auf einmal erzählen: von Asis, von Lakshmi und Damodar, einfach alles. Ich hoffe, ich habe ihn nicht verschreckt. Er will Pilot werden. Er liebt das Fliegen – genau wie ich! Wir mußten uns in einer Turbine verstecken, es war sehr romantisch. Er ist keiner, der Spielchen spielt. Ich mag, wie er lacht, und er riecht gut.

Zwischendurch bekam ich Angst. Wo das alles hinführen soll, ist mir schleierhaft. In meinem Leben ist kein Platz für noch mehr Unsicherheit, mir ist doch so schon alles zuviel. Ich finde, das Leben sollte eine Pausentaste haben.

Letzte Nacht habe ich geträumt, daß Alexej Asis zur Schule bringt – als ich wach war, habe ich heftig mit mir geschimpft.

24

Nisha war bereits seit einigen Monaten in Frankfurt. Mit Denise teilte sie sich eine Dreizimmerwohnung in einem Außenbezirk der Stadt. Ursprünglich kam sie aus Bangalore in Indien.

Eigentlich hätte ihr Asylantrag keine Aussicht auf Anerkennung haben dürfen, aber Nisha hatte sich die herzzerreißende Geschichte einer von bösen Mächten verfolgten Tibeterin ausgedacht, und als sie den Richter mit tränenerstickter Stimme um ein Bleiberecht anflehte, verfügte der eine unbefristete Aufenthaltsgenehmigung inklusive Arbeitserlaubnis. Rechtlich hatte diese Entscheidung keinerlei Grundlage, doch nur ein Richter aus Granit hätte anders entschieden.

Nisha war verheiratet. Ihr Mann saß in Bangalore und hoffte darauf, sie irgendwann noch einmal zwischen die Finger zu bekommen. Und sie hatte einen Sohn: Asis. Er war gerade mal drei Jahre alt, lebte bei Nishas Schwester Lakshmi und fragte jeden Tag nach seiner Mutter.

Nishas Heirat war arrangiert worden, aus eigenem Entschluß hätte sie Damodar niemals geheiratet. Aber er war verrückt nach ihr und außerdem das, was man eine gute Partie nennt – choroschaja partija.

Bangalore ist das Silicon Valley Indiens, und Damodar war einer der Pioniere dort. In nur zwei Jahren hatte er sich vom Programmierer eines Internetprovisoriums zum IT-Chef eines global operierenden Software-Anbieters emporgearbeitet. Nach außen hin führte er das Leben eines modernen, weltoffenen Unternehmers: Armani-Anzüge, ein privates und ein Firmen-Handy, eine Tiefgarage und ein Aquarium mit Salzwasserfischen, das über der Sofagarnitur in die Wand eingelassen war. Doch sein Verständnis von Ehe und der Rolle der Frau in der Gesellschaft stammten aus einer Zeit, in der Mitgiftmorde und Witwenverbrennungen in Indien noch an der Tagesordnung waren.

Nishas Eltern hatten nie viel Geld besessen, doch nach den Hochzeiten ihrer beiden älteren Schwestern waren sie praktisch ruiniert. In Indien eine Tochter zu bekommen ist für viele Familien ein schwerer Schlag. Um ein Mädchen verheiraten zu können, müssen die Eltern eine Mitgift an die Eltern des Bräutigams zahlen. Nisha hat mir erklärt, daß mit diesen Zahlungen, die oft das Jahreseinkommen der Eltern übersteigen, ein regelrechter Handel betrieben wird. Vielfach müssen Brauteltern sich verschulden, um ihre Tochter ›an den Mann‹ zu bringen. Noch immer werden weibliche Babys vor oder kurz nach der Geburt getötet, einfach weil ihre Eltern sie sich nicht ›leisten‹ können. Als zweite Tochter hat man eine Überlebenschance von fünfzig zu fünfzig. Drei Töchter zu haben und, wie im Fall von Nishas Eltern, keinen Sohn, ist wie sechs Richtige im Schicksalslotto. Trotzdem wäre es Nishas Eltern nie in den Sinn gekommen, eine von ihnen zu töten.

Damodar wollte Nisha unbedingt zur Frau haben. Also bot er an, heimlich selbst für die Mitgift aufzukommen. Nach außen hin aber ließ er alles so aussehen, als hätten Nishas Eltern sie bezahlt. Die Kosten für die Hochzeit übernahm er ebenfalls. Das war der Preis, den er zu zahlen bereit war, damit Nisha seine Frau wurde.

Nishas Eltern waren überglücklich, ihre jüngste Tochter doch noch vermählen zu können, und wahnsinnig stolz, daß ausgerechnet ein so wohlhabender Mann um jeden Preis ihre Nisha zur Frau haben wollte. Nisha brachte es nicht übers Herz, sie zu enttäuschen. Sie dachte, es würde schon werden und sie würden sicher einen Weg finden, miteinander auszukommen – sie würde nur Geduld haben müssen.

Doch es wurde nicht. Schon vor ihrer Vermählung war es

Nishas größter Wunsch gewesen, Stewardeß zu werden. Sie träumte vom Fliegen, so lange sie zurückdenken konnte. Für Damodar kam das natürlich nicht in Frage. Eine selbständige Frau wäre nicht nur eine Bedrohung für ihn gewesen, sondern zudem eine Erniedrigung. Noch schlimmer jedoch war seine krankhafte Eifersucht: Nicht lange nach der Hochzeit begann er, Nisha Vorschriften zu machen. Wenn sie sich zusammen in der Öffentlichkeit bewegten, verlangte er von ihr, den Blick auf den Boden gerichtet zu halten, weil er fürchtete, sie könne die begehrlichen Blicke anderer Männer erwidern. Schließlich verbot er ihr sogar, in seiner Abwesenheit das Haus zu verlassen. Als sie es dennoch tat, schlug er sie.

Ihre Eltern waren schockiert. Weder ihr Vater noch ihre Mutter hätten Damodar etwas Derartiges zugetraut. Dennoch rieten sie Nisha, nicht aufzubegehren: Es sei sicher nur eine vorübergehende Phase. Manus Gesetz sagt, wenn ein Mann seine Frau mißhandelt, soll sie nicht die Geduld verlieren.

Dann wurde Nisha schwanger, und Damodar ließ sie in Ruhe. Solange sie Asis in sich trug, wagte er nicht, sie anzurühren, und behandelte sie respektvoll und manchmal sogar zuvorkommend. Nisha dachte schon, so würde es gehen können. Vielleicht würde er ihr ja, wenn sie einen Jungen zur Welt brächte, doch noch erlauben, Stewardeß zu werden.

Aber nachdem Asis geboren war, wurde alles wieder wie vorher: Von einer Ausbildung wollte Damodar nichts wissen, statt dessen machte er Nisha immer schärfere Auflagen, schlug sie bei der geringsten Zuwiderhandlung und verlangte mehr Söhne von ihr. Sie hatte Angst, fügte sich seinen Verboten und tat alles, um seinen Zorn nicht zu erregen. Die einzigen, die ihr Rückhalt gaben und sie bestärkten, waren ihre Schwester Lakshmi und deren Mann Prabhu.

Drei Jahre ertrug Nisha die Situation – unglaublich im nachhinein –, dann schlug Damodar sie eines Tages vor Asis' Augen, weil ihm in der Küche eine indische Frauenzeitschrift in die

Hände gefallen war, die Lakshmi ihr gegeben und in der eine Frau über die sexuellen Probleme mit ihrem Mann berichtet hatte. Asis begann fürchterlich zu weinen, und nur Nishas Entschlossenheit war es zu verdanken, daß Damodar nicht die Hand gegen seinen eigenen Sohn erhob. Als er abends wieder nach Hause kam, waren Nisha und Asis verschwunden.

Es dauerte keine zwei Stunden, bis er sie bei Lakshmi ausfindig gemacht hatte. Minutenlang hämmerte er gegen die Tür und forderte Nishas Herausgabe, schließlich schlug er sogar eine Fensterscheibe ein. Zum Glück kam Prabhu rechtzeitig nach Hause. Er war Tiefbauer und hatte Muskeln wie ein Pferd. Damodar räumte unter fürchterlichem Geschrei und den Blikken der versammelten Nachbarschaft das Feld, aber Nisha wußte, es wäre nur eine Frage der Zeit, bis er sie kriegen würde.

Prabhu war es, der sie auf die Idee brachte, nach Deutschland zu gehen. Er kannte Denise über ein paar Ecken, die schon eine ganze Zeit in Frankfurt war, und stellte den Kontakt her. Nisha hatte wahnsinnige Gewissensbisse. Was war mit Asis? Würde es eine Möglichkeit geben, ihn nachkommen zu lassen? Und was würde sie in Deutschland erwarten? Außerdem war da – sie konnte es nicht bezwingen – das deprimierende Gefühl, als Frau versagt zu haben.

Die Angst vor einer völlig ungewissen Zukunft war stark, doch sie wurde überlagert von der Angst einer überaus gewissen Zukunft in Bangalore. Schließlich war es Lakshmi, die den Ausschlag gab: Nisha sollte an Asis' Wohl denken – und gehen.

Es klang absurd, aber Lakshmi hatte recht: Die beste Möglichkeit, Asis zu schützen, war, ihn bei ihr zu belassen und abzuhauen. Lakshmi würde gut für ihn sorgen, und Damodar würde ihn in Ruhe lassen – solange Nisha nicht da war. Wenn alles gut ginge, könnte sich Nisha in Deutschland sogar ihren Traum erfüllen und Stewardeß werden – und Asis nachkommen lassen. So überließ sie ihn der Obhut ihrer Schwester und floh nach Europa. Als das Asylverfahren vorbei war, nahm Denise sie dann bei sich auf und half ihr, den Job am Flughafen zu bekommen.

Nishas größte Sorge war Asis. In der Geschichte, die sie dem Richter aufgetischt hatte, hatte Asis nicht vorkommen dürfen – jede Nachforschung hätte ihre Aussage sofort widerlegt. Daher gab es keine Möglichkeit, ihn auf legalem Weg nachkommen zu lassen. Blieb der Weg über illegale Kanäle, aber der war teuer und gefährlich. Über die Monate, die Nisha jetzt in Frankfurt war, hatte sie mühevoll zweitausend Euro zusammengekratzt, aber dafür schmuggelten sie nicht mal ein Kaninchen von Indien nach Deutschland, jedenfalls nicht mit dem Flugzeug. Und zwei Wochen auf einem Schiff und anschließend sechs Tage in einem Lastwagen würde sie Asis niemals zumuten können.

25

Ich lag in meinem Rohr und drehte Kreise wie ein Hamster im Laufrad. So schlecht war ich nicht eingeschlafen seit der Nacht bei Dimitrij. Am Kopfende meiner Matratze hatten sich bereits zwölf Zigarettenstummel versammelt. Ich rauchte noch eine, dann kroch ich aus meinem Rohr – andernfalls wäre ich erstickt.

Muki lag leblos in der Hängematte, sein Arm hing herab wie ein abgeknickter Ast. Irgend etwas stimmte mit ihm nicht. Beim zweiten Hinsehen bemerkte ich, daß seine Augen geöffnet waren.

»Muki?« flüsterte ich.

»So heiße ich.«

»Meine Güte, du hast mich vielleicht erschreckt! Ich dachte schon, du wärst tot.«

Kein Kommentar.

»Ist alles in Ordnung?« fragte ich.

»Geh zu ihm, und erleichtere dein Herz.«

Mongolischer Schlauberger. Als wüßte ich nicht selbst, was ich zu tun hatte.

»Amadou?«

Ein gleichmäßiges Schnaufen drang aus seinem Rohr. Ich tastete nach seiner Schulter und rüttelte daran.

»Amadou!«

»Was willst du?«

Er drückte an dem Armbandkoloß herum, den Volinka ihm besorgt hatte, und das Display leuchtete auf.

»Komm morgen früh wieder«, sagte er.

Das Display erlosch, und Dunkelheit erfüllte das Rohr.

»Amadou, ich muß mit dir reden!«

Es entstand eine Pause, bevor das Rohr mit blecherner Stimme antwortete.

»Sag, daß das nicht wahr ist.«

»Es tut mir leid …«

»Oh, nein!«

»Doch.«

»Nicht wegen einer Frau, das kannst du mir nicht antun. Du kannst nicht wegen irgendeiner Frau unser Vorhaben abblasen!«

Mir schnürte es die Kehle zu.

»Sie ist nicht irgendeine Frau.«

»Verdammt!« Er schlug auf die Matratze ein. »Ich wußte es! Verdammt, verdammt, verdammt!«

»Amadou, hör mir zu …«

»Du hast mir deine Hand darauf gegeben!«

»Amadou, ich …«

»Deine Nisha macht dich blind! Die ist wie alle anderen, und du watschelst hinter ihr her wie ein Küken!«

»Du kennst sie doch gar nicht!«

»Das ist auch gar nicht nötig. Schube kennt sie dafür um so besser.«

»Was soll denn das heißen?«

»Ich hab' die beiden vorhin im Trainingscenter gesehen. Sie sind in einen der Simulatoren gestiegen, und wenn du mich fragst: Schube sah nicht so aus, als wollte er irgendwas simulieren.«

»Du spinnst ja! Nisha hat mir erzählt, daß sie Schube kennt. Er versucht, ihr einen Platz in der Stewardessenschule zu besorgen, das ist alles.«

»Ach! Und du glaubst, da kommt sie ungebumst rein?«

»Halt den Mund!«

»Nisha läßt sich von Schube ficken wie alle anderen, so sieht's aus! Du wirfst unsere ganzen Pläne über den Haufen für eine gewöhnliche Schlampe!«

Ich kannte das Flight Training Center. Es war in Halle 369 untergebracht. Mit einem Putzeimer getarnt, verließ ich unser Versteck und stapfte in Richtung Tor 21.

Amadou war so ein Arschloch! Ich verstand ja, daß er sauer war, weil er seinen Plan jetzt alleine durchziehen mußte, doch so, wie er sich aufspielte, konnte man annehmen, ich hätte einen Vertrag unterschrieben. Außerdem stand es ihm nicht zu, so über Nisha zu urteilen.

Aber das war natürlich nur die Vorderseite meines Zorns. Die Rückseite war: Ich glühte vor Eifersucht. Meine Gefühle wollten nicht zulassen, daß Amadou recht hatte. Objektiv betrachtet gab es jedoch keinen Grund anzunehmen, daß Nisha sich nicht von Schube vögeln ließ. Keine Frau auf der Welt konnte begehrenswerter sein als Nisha, Nisha begehrte nichts mehr, als Stewardeß zu werden, und der Ausbilder der Stewardessenschule war ein Sex-Maniac. Und dann gab es da noch einen russischen Volltrottel mit schwerem Romantismus, der, streng genommen, gar kein Recht hatte, sich aufzuregen. An Schubes Stelle hätte ich auch versucht, Nisha rumzukriegen, und an ihrer ... Es war zum Verrücktwerden!

Im Flight Training Center sind insgesamt fünf Mock-ups aufgebaut – Kabinennachbauten, in denen Flugsituationen simuliert werden. Eins von ihnen hat sogar Notrutschen, mit denen die Rettung der Passagiere nach einer Wasserung trainiert wird. Außerdem gibt es eine Halle mit Simulatoren für die Piloten. Die Cockpits sind wie die in einem echten Flugzeug: Während der Übungsflüge werden die Flugbewegungen durch eine aufwendige Hydraulik simuliert und die Position des Flugzeugs in die Fenster projiziert. Man kann in Rio eine Nachtlandung durchführen und fünf Minuten später über Texas in einen Tornado geraten.

Die Halle war spärlich beleuchtet, die wie riesige Käfer anmutenden Mock-ups schliefen, jedes in einer anderen Position. Außer einem: Aus dem hinteren Teil der Halle drangen mechanische Geräusche, und einer der Simulatoren schaukelte im Halbdunkel sachte hin und her. Als ich näher kam, konnte ich Schubes Stimme aus dem Cockpit hören.

»Jetzt bist du dran: Leg deine Hände hier drauf ... so ... und jetzt: drücken!«

Die Nase des Flugzeugrumpfes neigte sich abrupt nach unten. Schube lachte hell auf.

»Was machst du denn? Du bringst uns ja um! Nicht so doll! *So* mußt du es machen ...«

»Was machen Sie hier?«

Neben mir stand eine ältere Frau vom Sicherheitsdienst.

»Ich soll hier putzen«, sagte ich, ohne meinen Blick vom Mock-up zu nehmen.

»Um *die* Zeit? Wer hat sich denn das ausgedacht?«

»Mein Chef. Er hat gesagt, hier wird noch trainiert, und ich soll putzen, wenn alle fertig sind.«

»Nein, nein, das muß ein Irrtum sein. Hier ist niemand mehr.«

»Und was ist das?«

»Das? Oh, das ist Schube. Er gibt *Privat*stunden.« Sie zwinkerte mir zu: »Bis *der* fertig ist, das kann noch dauern.«

Ich war außer mir: Am liebsten hätte ich Schube aus dem Cockpit gezerrt, vorne auf den Mock-up gebunden und den Simulator mit der Nase in die Landebahn gerammt.

»Kommen Sie«, sagte die Wachfrau und faßte mich am Ellenbogen wie einen verwirrten Altersheiminsassen, »Sie müssen jetzt gehen.«

Und sie schob mich aus der Halle, während Schube und Nisha in einen Wirbelsturm gerieten und das Flugzeug unter ihrem Gelächter in tausend Stücke zerbarst.

26

Hey, Amadou! Diese Zeilen sind für dich: Du hast mir nie die Gelegenheit für eine Erklärung gegeben, deshalb schreibe ich sie jetzt auf.

Es tut mir leid, daß ich dich enttäuscht habe. Es tut mir so leid, daß sich jedesmal mein Herz verkrampft, wenn ich an diese Nacht zurückdenke. Aber was sollte ich machen? Was hättest du an meiner Stelle getan? Ich bin Russe, ich bin da, wo mein Herz ist. Eto moja sudba. Und das ist bei Nisha, ganz und gar.

Natürlich hätte ich die Entscheidung noch zwei Tage hinauszögern können, aber glaub mir: Es hätte nichts geändert. Und um ganz ehrlich zu sein: Ich hatte nicht mal eine Entscheidung zu treffen. Was mich in dieser Nacht so quälte, war allein der Gedanke, es dir sagen zu müssen. Ich konnte doch nicht wissen, was noch alles passieren würde …

Ich hoffe, du kannst mir verzeihen. Ich hoffe sogar, du kannst noch mehr als das: mich verstehen. Nisha und ich lernen gerade erst fliegen, und meine Schuldgefühle hängen an unseren Flügeln wie Mühlsteine. Wünsch uns Glück, Amadou! Kannst du das tun?

27

Nisha stellte mich mit ihrer Verabredung im alten Tower ganz schön auf die Probe. Mein Fraport-Ausweis war zwar eine Art Freifahrtschein, mit dem ich mich auf dem Gelände weitgehend ungehindert bewegen konnte, aber unsichtbar machte er mich nicht. Abgesehen davon, fragte ich mich, was Nisha gemeint haben konnte, als sie »on the old tower« gesagt hatte. Es gab dort keine Aussichtsterrasse oder etwas ähnliches, und er war noch immer in Betrieb. Der Luftverkehr wurde zwar vom neuen Tower auf der anderen Seite der Startbahnen geregelt, aber die Vorfeldüberwachung und -organisation war dem alten Tower anvertraut worden, der rund um die Uhr besetzt war.

Ich zog meinen Blaumann über, nahm eine von Daks Werkzeugtaschen, kramte in Volinkas Vorratskiste, entschied mich für vier Spritzer Boss-Parfum und versuchte den Eindruck zu erwecken, ich habe eine Mission zu erfüllen. Auf dem Vorfeld hielt ich einen vorbeifahrenden Gepäckwagen an und ließ mich zum Flugsteig B mitnehmen. Der Fahrer, ein Türke in den Fünfzigern, sah mich an, als fürchte er einen Annäherungsversuch – mit den vier Spritzern hatte ich es offensichtlich etwas übertrieben.

In den alten Tower zu gelangen war einfacher, als man aufgrund meines Herzschlages angenommen hätte – in die sensibleren Bereiche des Flughafens wagte ich mich ungern vor. Auf Ebene 3 aber war Schluß: von hier an nur noch mit Spezialausweis und Zahlencode.

Auf meiner Suche nach einem anderen Zugang in den gesicherten Bereich des Towers fiel mir eine Rose auf, die jemand in einen Türrahmen geklemmt hatte. Ich zog sie heraus, drehte den Türknauf und stand auf dem Dach von Ebene 3. Auf der Rückseite des Towers führte eine Außentreppe zur Kanzel. Oben angelangt, sah ich mich einer verschlossenen Tür gegenüber. Und jetzt? Ich stellte meine Werkzeugtasche ab und drehte die Rose im Abendlicht. Die Aussicht war atemberaubend: Flugzeuge starteten ihre Reise ins Licht wie Wünsche, die man der Zukunft anvertraut. Aber wo war Nisha?

»Hier riecht's aber gut«, hörte ich plötzlich eine Stimme über mir.

Nisha kniete auf dem Dach des Towers und deutete auf eine Leiter, die rechts von mir in die Fassade eingemauert war.

»Nimm die.«

Ich stieg die letzten Sprossen empor und kletterte zu Nisha aufs Dach. Sie trug eine Aeroflot-Uniform, das Abendlicht umkränzte ihren Kopf mit einem Heiligenschein.

»Dobro poshalowat na sudno!« sagte sie und lächelte ätherisch.

»Du solltest niemals Stewardeß werden«, sagte ich.

»Warum nicht?« fragte sie überrascht.

»Du würdest auf der ganzen Welt hilflose, verzweifelte Männer zurücklassen.«

»So gut gefalle ich dir ...?«

»Ja.«

Sie nahm den Arm über den Kopf und führte mir ihre Uniform vor, indem sie sich um die eigene Achse drehte.

»Wie findest du mich?«

Ich fand, die Uniform sah scheußlich aus, auch wenn sie perfekt saß. Außerdem sehnte ich mich nach dem, was darunter verborgen war.

»Ich finde, du siehst aus, als müßtest du auch ohne Flugzeug fliegen können.«

»Danke«, sagte sie befriedigt und zupfte sich den Kragen zurecht.

»Wo hast du die her?«

»Die Uniform? Ist mir … in die Hände gefallen. Ich hab' von fast jeder großen Airline eine: Lufthansa, Air France, British Airways, sogar Air Mauritius …«

Ich sah nur noch ihr Lächeln und hörte nicht mehr als das verschwommene Rauschen des Flughafens, und sie nahm meine Hand, wir knieten nieder, es fühlte sich sakral an und irgendwie theatralisch, aber gleichzeitig auch unglaublich romantisch, und sie sah mir in die Augen, und dann, im Schein der untergehenden Sonne, auf dem Dach des alten Towers, küßten wir uns.

Mein Freund Dimitrij hat ungefähr ein dutzendmal versucht, mit dem Rauchen aufzuhören. Es war immer wieder ein entwürdigendes Schauspiel: Ein oder zwei Wochen hielt er durch, indem er nicht vor die Tür ging und alle sozialen Kontakte abbrach, dann glaubte er sich entwöhnt, kämpfte einen halben Abend lang mit aller Kraft gegen sein Verlangen an, wurde erst nervös, dann streitsüchtig, zündete sich schließlich voller Selbstekel mit zittrigen Fingern eine Dukat an, kaufte sich gleich danach ein ganzes Päckchen und ging wutschnaubend nach Hause.

Nisha und ich lagen auf dem Rücken, unsere Finger ineinander verschränkt, und betrachteten den erwachenden Sternenhimmel. Ein Airbus landete mit quietschenden Reifen, die Turbinen heulten auf.

»Hast du was mit Schube?«

Die ganze Zeit hatte ich versucht, die Frage zu unterdrücken.

»Ich hab' es dir doch schon erklärt«, entgegnete sie gereizt, »er hilft mir, in die Stewardessenschule zu kommen!«

»Schube hilft keiner Frau ohne Gegenleistung.«

Nishas Finger zogen sich zurück.

»Sagt wer?«

»Das weiß jeder.«

»Na dann ist ja alles klar.«

Das war die Zigarette, die ich mir wider Willen angezündet hatte, jetzt ging ich mir die Packung holen.

»Also, was ist jetzt? Vögelst du mit Schube, ja oder nein?«

Nisha setzte sich hin und blitzte mich zornig an: »Warum fragst du überhaupt? Ich denke, Schube schläft mit jeder!«

Sie stand auf, strich sich den Rock glatt und ging zur Leiter.

»Er liebt das Fliegen, genau wie ich – und du, wo wir gerade dabei sind«, rief sie mit Tränen in der Stimme. »Das ist alles, was uns verbindet!«

»Nisha, warte!«

Ich lief zu ihr und faßte nach ihrem Arm.

»Laß mich los!«

»Nisha, bitte laß mich erklären ...«

»Was gibt's da zu erklären? Ich schlafe mit Schube – das ist es doch, was du denkst. Erklärung überflüssig.«

Sie riß sich los und stieg die Leiter hinab.

Erst hatte ich Amadou gegen mich aufgebracht, jetzt Nisha – die einzigen beiden Menschen, die mir in meiner Situation etwas bedeuteten. Es hätte besser laufen können.

»Nisha!«

Ihre Silhouette war auf dem Treppenabsatz angekommen.

»Was?«

»Komm übermorgen zu mir. Bitte! Ich koche für dich. Um neun. Ich hole dich ab, Tor 25.«

Lautlos glitt sie die Stufen hinab und verschwand im Gebäude.

28

Alle scheinen das zu denken, was Alexej ausgesprochen hat. Selbst Denise sagt, ich solle mir genau überlegen, was ich will und was ich dafür zu tun bereit bin. Ich frage mich, ob Schube tatsächlich zu so etwas fähig wäre. Bis jetzt habe ich mich immer geweigert, die Dinge so zu sehen.

Ist das ganze Leben wirklich nichts weiter als ein Geschäft, bei dem man jeden Tag seinen Preis neu aushandeln muß? Was soll ich denn tun, wenn Schube mich vor die Wahl stellt? Und ich dachte, ich hätte das alles hinter mir gelassen!

29

Dak saß am Schreibtisch und blätterte in einem Pornomagazin wie andere in einem alten Möbelkatalog. Sein Büro kam mir noch kleiner vor als am Tag meiner Flucht aus der Transitunterkunft. Wie weit ich die schon hinter mir gelassen hatte! Sie lag erst ein paar Wochen zurück, trotzdem fühlte es sich so an, als passe ein halbes Leben dazwischen. Was war aus meinen Plänen geworden? Wie würde es weitergehen?

Die zehn Monate, die ich noch durchhalten mußte, bevor ich mir meine Freiheit und neue Papiere erkauft hätte, erschienen unermeßlich lang, und mit jedem neuen Tag strebten sie weiter gegen Unendlich. Mein Wunsch, etwas Gutes und Sinnvolles zu tun, etwas, das eine Bedeutung hatte, verfolgte mich. Ich schreibe das, damit klar ist, daß mich nicht blinde, grenzenlose Wohltätigkeit zu Dak führte – sondern reiner Eigennutz. Und – ja, ich gebe es zu – ich wollte verhindern, daß Nisha sich nach meiner Entgleisung auf dem alten Tower von mir abwandte.

»Was gibt's?« fragte Dak erstaunt.

»Ich will, daß Sie ein Kind einschleusen lassen«, sagte ich ohne Umschweife, als könne ich später den Mut nicht mehr aufbringen. »Aus Indien.«

»Hast du schlecht geträumt?«

»Ich meine es ernst: Sie haben die Kontakte, wo liegt das Problem?«

»Wie alt?«

»Drei.«

»*Da* liegt das Problem. Vergiß es, Alexej. Deine kleine Inderin hat dir den Kopf zu sehr verdreht.«

Anscheinend gab es niemanden, der das Thema ohne einen dummen Kommentar abhandeln konnte.

»Sie müssen es tun! Es ist wichtig!«

Dak schüttelte den Kopf, überkreuzte die Füße auf dem Tisch und legte das Pornoheft auf seine Oberschenkel.

»Indien ist eine schwierige Route. Komm wieder, wenn der Zeiger auf vier steht.«

»Um vier Uhr?«

»Um viertausend Dollar, du Idiot.«

»Viertausend Dollar? Aber es ist doch nur ein Kind!«

»Deshalb ja. Für ein Kind mußt du *alle* schmieren: Die Botschaft, die Airline, den Flughafen ... Weißt du überhaupt, wo Indien liegt?«

»Sie hat nur zweitausend«, sagte ich flehentlich.

Dak richtete seine Aufmerksamkeit wieder auf den Porno. Für ihn war das Gespräch beendet. Ich überlegte: Wenn ich das Geld, das ich gespart hatte, plus die 680 Euro, die ich noch aus Rußland hatte, drauflegen würde, kämen wir auf ungefähr ...

»Dreitausend! Das ist alles, was wir haben.«

»›Wir‹ also. Seid ihr jetzt schon ein ›Wir‹? Alexej, sei nicht dumm! Die Frau ruiniert dich, laß die Finger von ihr.«

Wie ich es satt hatte, mir von anderen ungefragt gute Ratschläge erteilen zu lassen!

»Die fehlenden tausend können Sie mir vom Lohn abziehen. Ich bekomme sowieso noch Geld, und den Rest geben Sie mir einfach als Vorschuß ...«

Dak blickte von seinem Magazin auf: »Ist das dein Ernst? Einen Vorschuß? Alexej, überleg dir das!«

Ich überlegte es mir. Ungefähr zwei Sekunden lang.

»Ja«, sagte ich mit Nachdruck, »aber Sie müssen dafür garantieren, daß er nicht im Gefängnis landet!«

Mit diesen Worten besiegelte ich meinen finanziellen Ruin – und fühlte mich wunderbar. Dak schüttelte einmal mehr seinen Kopf. Eines Tages würde er ihm abfallen.

»Keine Sorge: Wir liefern von Tür zu Tür – wie bei UPS –, Spesen inklusive. Sag deiner mandeläugigen Fatima, sie soll am Montag um drei in die Kantine in 639 kommen. Und jetzt tu mir den Gefallen, und verschwinde. Dein Honigkuchengesicht verdirbt mir noch meine schlechte Laune.«

»Eins noch …«, sagte ich.

»Ja?«

»Sie heißt Nisha, nicht Fatima.«

»Schön für dich.«

Open

INTERNATIONAL

ASG

30

Ich kann nur zwei Gerichte kochen: Schtschi, nach einem Rezept meiner ersten und bisher einzigen Freundin Anouschka, und das Borschtsch meiner Mutter.

In unserem Versteck gab es nur einen Camping-Gaskocher und einen Topf, daher entschied ich mich für Borschtsch. Am zweiten Tag hätte er besser geschmeckt, aber es war schließlich die Geste, die zählte. Die Zutaten aufzutreiben war schwierig genug gewesen: Dak hatte ganz schön große Augen gemacht, als ich ihm den Zettel gab, und behauptet, nicht zu wissen, wie Rote Beete und Weißkohl aussähen, er könne Essen nur anhand der Verpackung unterscheiden.

»Wozu der Aufstand?« fragte er. »Ich bring dir zwei Portionen aus der Ersten Klasse mit und Nachtisch extra, damit kriegst du sie garantiert rum. Wer sich von Schube rumkriegen läßt, für den reicht Nachtisch extra.«

Das war der Tropfen, der das Faß zum Überlaufen brachte. Ich packte Dak am Revers seines speckigen Jacketts und riß ihn aus dem Stuhl, mein mühsam zusammengestellter Einkaufszettel segelte zu Boden.

»Ich arbeite für Sie, aber ich lasse nicht zu, daß Sie Nisha beleidigen!«

»Beruhig dich«, sagte er beschwichtigend, löste sich aus meinem Griff und versuchte, sein Jackett wieder zu füllen. In meinen Händen war er vorübergehend in sich zusammengesunken, und seine Augen hatten einen eigenartigen Ausdruck angenommen: Angst. Ich erschrak über mich selbst. Nicht mal im Krieg hatte ich jemandem Angst eingeflößt.

Ich nahm an, daß Dak wußte, weshalb ich aus Rußland

geflohen war. Vielleicht kannte er sogar die Geschichte mit Rostislav und hielt mich für einen Mörder.

»Ich hab' ihn nicht umgebracht«, sagte ich.

»Wovon redest du?«

»Rostislav. Es war ein Unfall.«

»Wer zum Teufel ist Rostislav?«

Ich hob den Einkaufszettel vom Boden auf und hielt ihn Dak vor die Nase.

»Können Sie das besorgen, oder nicht?«

Er faltete die Liste zusammen und steckte sie ein. Da war immer noch dieser Ausdruck in seinen Augen, aber sein Hochmut war bereits wieder auf dem Vormarsch.

»Ich werde sehen, was ich machen kann.«

»Danke«, sagte ich trocken und verließ das Büro.

Ich hatte das gegarte Fleisch zu den übrigen Zutaten in den Topf gegeben, Dill und Petersilie dazu getan, mit Salz abgeschmeckt und den Deckel auf den Topf gelegt. Drei Stunden hatte ich mit Kochen zugebracht, der Duft mußte jeden im Umkreis von zweihundert Metern auf unser Versteck aufmerksam machen. Während ich Nisha abholte, würde der Borschtsch durchziehen, bei unserer Rückkehr wäre er perfekt.

Ich breitete eine Decke aus, stellte zwei Teller darauf und versuchte, das Lufthansa-Besteck wie Silber aussehen zu lassen. In die Mitte platzierte ich die Kerze, die Dak mir ungefragt mitgebracht hatte – mein Auftritt schien gewirkt zu haben. Muki, Volinka und Amadou saßen vor dem Fernseher. Sie hatten angekündigt, diskret zu verschwinden, wenn Nisha und ich zurückkämen.

Ich wußte, sie würde da sein. Sie hatte mir verziehen, ich spürte es. Wir würden Borschtsch essen, sie würde es wunderbar finden, zum Nachtisch würde ich ihr sagen, daß ich einen Weg gefunden hatte, Asis nach Frankfurt bringen zu lassen, und dann würden wir uns küssen – so, wie wir es auf dem alten Tower getan hatten. Den Rest überließ ich dem Schicksal.

»Alexej!« rief Volinka.

Ich ließ die Klinke los und drehte mich um.

»So kannst du nicht gehen«, entschied er.

Er stand von der Luftmatraze auf und kam zu mir herüber.

»Nicht zuviel, diesmal«, sagte er und sprühte mir zwei Spritzer Parfum an den Hals. Es roch besser als das vom letzten Mal.

»Cartier«, erklärte er und ließ den Flakon in die Hosentasche gleiten, als wäre er sein Revolver.

Muki war der nächste: Er kramte eine Flasche Champagner aus dem Versteck hinter seiner Hängematte und stellte sie auf die Decke.

»Dom Perignon«, gab er zu Protokoll.

»Jetzt sieh sich bloß einer den Fummel an, mit dem der hier rumrennt!«

Das war Amadou, der bis dahin noch gar nichts gesagt hatte. Er zog ein knisterndes Cellophanpäckchen aus seinem Rohr und warf es mir zu: Ein nachtblaues Hemd mit perlmuttfarbenen Knöpfen, originalverpackt. Der Stoff fühlte sich teuer an. Ich wußte nicht, was ich sagen sollte. Amadou mußte das Herz eines Ochsen haben: Heute war der Tag, an dem wir hatten abhauen wollen. Die Kühlanlage war wie geplant abgeholt worden, doch ich hatte ihn hängenlassen, und jetzt saß Amadou bis auf weiteres im Flughafen fest. Und statt endgültig den Stab über mir zu brechen, schenkte er mir ein Hemd für mein Date mit Nisha. Danke, Amadou.

»Danke, Amadou.«

»Ist in Indien der letzte Schrei«, versicherte er mir.

Ich entfernte die Nadeln und zog es an.

»Und?«

Die drei sahen zufrieden aus.

»So klapp auch mit die Nachbahn«, sagte Muki in gebrochenem Deutsch. Amadou zog nur die Schultern hoch: Bist halt ein hoffnungsloser Fall.

31

Ich hatte unser Versteck verlassen und ging an Daks Büro vorbei, als sich hinter mir die Tür öffnete. Unwillkürlich stellten sich meine Nackenhaare auf: Eigentlich konnte das nur der Sicherheitsdienst sein, Dak war schon vor Stunden gegangen. Und natürlich war die Tür zu unserem Versteck wieder einmal nicht abgeschlossen.

Ich verfluchte mich für meine Nachlässigkeit. Immer wieder hatte Dak uns eingeschärft, vorsichtig zu sein, aber wir hatten seine Mahnungen ein ums andere Mal ignoriert. Und es gab niemanden, der Amadou, Volinka und Muki hätte warnen können. Die sahen sich gerade einen Film mit Jean-Claude van Damme an – die Schreie waren bis hier oben zu hören.

Ich machte auf ahnungslos und zwang mich dazu, nicht hinter mich zu sehen. Von einer Sekunde auf die andere begann ich zu schwitzen. Wenn es mir gelänge, in den Quergang abzutauchen, dann könnte ich über die Halle in die Förderanlage gelangen, zurück zum Versteck fahren und vielleicht gerade noch rechtzeitig die anderen warnen. Bis zur Gabelung waren es noch ungefähr sechs Meter, fünf, vier …

»Alexej?«

Ich blieb stehen. Das war nicht der Sicherheitsdienst, das war …

»Togo!«

»Alexej!«

Freudestrahlend kam er auf mich zu und nahm meine Hände in seine. Mir war nie aufgefallen, was für unnatürlich lange Finger er hatte, wie schwarze Tentakel. Er war barfuß, trug aber einen nagelneuen silbergrauen Anzug. Von dem Geld seines Ziegenverkaufs konnte nicht mehr viel übrig sein.

»Was machst du denn immer noch im Flughafen?« fragte ich.

»Ich lebe! Es ist toll!«

»Und was hast du mit Dak zu tun?«

»Dak? Wer ist das?«

»Du kommst gerade aus seinem Büro.«

»Oh. Ich kenne ihn nicht, aber sag ihm danke.«

»Danke? Wofür?«

Togo drehte die Innenseite seines Jacketts nach außen, als wolle er mir gestohlene Uhren anbieten. An der Innentasche baumelte einer von Daks Fraport-Ausweisen, das Foto zeigte einen blassen, blonden Mann mit wässrigen Augen.

»Björn Englund?« las ich.

»Der Name gefällt dir nicht?«

»Doch, doch, sicher. Warum nicht?«

Togo ergriff noch einmal meine Hände und drückte sie herzlich.

»Ich muß weiter«, sagte er unvermittelt.

»Wohin?«

Er schien plötzlich verwirrt, als habe er vergessen, weshalb er hier war.

»Ich weiß noch nicht …«

Und er ging an mir vorbei wie an einem Fremden.

»Togo?«

An der Kreuzung zum Quergang drehte er sich noch einmal um.

»Ja?«

»Werden wir uns wiedersehen?«

»Bald …«

Die Begegnung mit Togo hatte meine letzten Bedenken zerstreut. Ich betrachtete ihn inzwischen als meinen persönlichen Glücksbringer. Leichtfüßig schlenderte ich zu Tor 25 hinüber, lehnte mich gegen den Maschendrahtzaun und wartete. Um halb zehn begann ich mich zu fragen, was Nisha so lange aufhalten mochte. Wartete sie an einem anderen Tor, oder hatte ich ihr in der Aufregung die falsche Nummer genannt? Die Sonne war untergegangen, ein kühler Luftzug strich über das Gelände. Die ersten Zweifel kamen gegen zehn. Mein Hemd flatterte in der Abendluft, ich hatte Gänsehaut an den Unterarmen. Sollte sie tatsächlich nicht kommen? Unmöglich, das konnte nicht sein. Sicher war etwas Unvorhergesehenes passiert.

Eine Spätschicht von Lufthansa-Angestellten defilierte geschlossen an mir vorbei und passierte die Sicherheitsschleuse. Zu Hause warteten ihre Familien auf sie. In meiner Vorstellung mußten es glückliche Familien sein: Ich sah gedeckte Tische, lachende Kinder mit Teddys auf den Armen, einen Hund, der auf einer Wiese Ball spielte. Unerreichbares Land. Ich kam noch nicht mal durch die Sicherheitsschleuse.

Was war ich nur für ein Idiot! Wie konnte ich annehmen, daß eine Frau scharf darauf sein müßte, sich von einem illegalen Russen in einem Kellerloch Borschtsch auf Plastiktellern servieren zu lassen? Und noch dazu eine wie Nisha! Naiver ging es doch nun wirklich nicht mehr!

Ich verkroch mich in eine windgeschützte Einfahrt und setzte mich auf den Boden: Wozu ins Versteck zurückgehen, dieser Platz war so gut wie jeder andere. Warum war ich nicht einfach in Rußland geblieben? Ich wollte Asyl, eine Frau, die Chance auf eine Ausbildung, ein Leben wie alle anderen es führten. Und was hatte ich? Nichts.

Um halb elf wurde ich in meinem Selbstmitleid unterbrochen. Vor dem Tor hielt ein Wagen. Es war Schube, neben ihm Nisha. Sie nahm ihren Rucksack, reichte Schube die Hand und stieg aus. Schube winkte ihr verzückt durch die Windschutzscheibe hinterher und fuhr davon. Nisha schaute sich besorgt um. Im Schatten des Eingangs konnte sie mich nicht sehen, und ich überlegte, ob ich einfach sitzen bleiben und warten sollte, bis sie gegangen wäre, aber dann stand ich schließlich doch auf und trat ins Licht.

»Alexej! Du bist noch da!«

Es klang, als hätte sie halb gehofft, mich nicht mehr anzutreffen.

Hastig fuhr sie fort: »Ich bin spät, es tut mir leid. Sei nicht böse, ich muß dir erklären ...«

»Erklärung überflüssig.«

»Ich mußte zwei Schichten arbeiten ...«

»Mit Schube?«

»Kannst du mal zuhören? Ich habe mich mit Schube getroffen – ja. In seinem Büro – ja. Das ist der Grund, weshalb ich so spät bin – ja. Es tut mir leid, aber ich konnte unmöglich ablehnen: Er hat mir angeboten, zusammen mit ihm die Bewerbungsbögen für die Stewardessenschule auszufüllen. Versteh doch: Ohne seine Hilfe komme ich da nicht rein, es haben sich über vierhundert Frauen beworben!«

Und nur die eifrigsten werden genommen, dachte ich, hielt aber den Mund. Tatsächlich war ich glücklich, daß Nisha überhaupt gekommen war und mich nicht versetzt hatte. Sie umschlang meinen Arm und lächelte mich von unten herauf an, ihre Augen groß wie Bowlingkugeln.

»Sei nicht mehr böse, Alexej.«

Mein Groll war längst verpufft, trotzdem wollte ich nicht sofort wieder einlenken. Das hätte ja so ausgesehen, als könne sie mit mir machen, was sie wollte. Was natürlich stimmte, und sie wußte das, aber es gehörte eben dazu. Ich grummelte also etwas vor mich hin, um ihr zu zeigen, daß sie sich wirklich etwas würde einfallen lassen müssen, um mich versöhnlich zu stimmen, und wandte mich halb von ihr ab. Als nächstes spürte ich, wie ihre Hand unter mein Hemd kroch und sich langsam vortastete.

»Ich hab' einen Mordshunger«, flüsterte sie. »Wolltest du nicht für uns kochen?«

32

Die ausgelassenen Stimmen der anderen waren bereits auf dem Flur deutlich vernehmbar, Borschtsch-Duft schwängerte die Luft. Es klang, als feierten Muki, Volinka und Amadou eine Party. Nisha sah mich skeptisch an.

»Keine Ahnung«, sagte ich.

Sie saßen auf der Decke, in der Mitte den Topf. Die Cellophanverpackung von meinem Hemd hatten sie mühsam zu einer Haube gefaltet, die Volinka auf dem Kopf trug. Oben drauf stand die Kerze. Das Wachs lief bereits über den Rand und tropfte Volinka auf die Schulter. Er mußte ganz still sitzen und die Kerze balancieren – wahrscheinlich eine Wette oder so etwas. Drei leere und eine halbvolle Champagnerflasche verteilten sich über die Decke.

Als Nisha und ich den Raum betraten, verstummten die anderen schlagartig und sahen schuldbewußt zu uns auf. Sie wechselten verschwörerische Blicke, versuchten verzweifelt, sich das Lachen zu verkneifen, und schluckten hinter zusammengepreßten Lippen. Schließlich sah Volinka mich mit glasigem Blick an und zeigte auf die Kerze auf seinem Kopf.

»Heiße Sache«, sagte er, und die drei brachen in schallendes Gelächter aus.

»Wir sind unverwundbar!« rief Volinka.

Amadou riß die Arme in die Höhe: »Wir sind die Helden der Entrechteten!«

Muki: »Wir sind Heilige!«

»Ihr seid besoffen«, sagte ich. Das fanden sie wahnsinnig komisch.

»Wollt ihr nicht essen?« Volinka deutete auf den Topf.

Die Runde verstummte, alle verfolgten gespannt meine Bewegungen. Ich beugte mich über den Topf und hob den Deckel an: Der Topf war leer. Auf dem Boden saß ein Monchichi mit einer Papierserviette um den Hals.

»Der kleine Racker hat alles aufgegessen!« schrie Amadou, und die drei brachen vor Lachen in Tränen aus.

Volinka kippte nach hinten, und die Kerze landete verkehrt herum auf seinem Bauch, wo sie zischend erlosch. Er sah überrascht an sich herunter, hob langsam den Kerzenstumpf an, zeigte auf die verbrannte Stelle, warf einen Blick in die Runde und sagte: »Aua!«, was einen erneuten Lachanfall auslöste.

Muki stürzte über die Tonne in seine Vorratskiste und kam auf allen vieren wieder hervorgekrochen. Zwischen seinen Zähnen hielt er ein Twix. Ungeschickt wackelte er über die Decke und ließ es zu Nishas Füßen fallen.

»Wenn mah wiede länge dauäht«, zitierte er die Fernsehwerbung, und Amadou und Volinka konnten nur noch nach Luft ringen. Nisha hob das Twix auf, riß mit den Zähnen die Verpackung auf und gab mir einen Riegel.

»Besser als nichts«, sagte sie lachend und biß ein Stück ab.

»Kann mir mal einer sagen, was hier eigentlich los ist«, fragte ich, nachdem sich die Lage etwas beruhigt hatte.

Amadou war es schließlich, der mir erklärte, was in der Zwischenzeit geschehen war: Kurz nachdem ich mich auf den Weg gemacht hatte, um Nisha abzuholen, war die Tür aufgegangen und ein barfüßiger Afrikaner mit Rasta-Zöpfen und einem nagelneuen Tausend-Euro-Anzug war hereingekommen, der den BGS auf den Fersen hatte. In Windeseile klaubten Volinka und Amadou die Sachen zusammen und warfen sie in mein Rohr, Muki verstaute derweil den Afrikaner bei Volinka. Als letztes griff sich Amadou den Topf mit dem Borschtsch und kauerte sich zu den anderen ins Rohr. In dem Moment, als er die Luke schloß, flog die Tür auf und zwei Grenzer stürmten herein:

»Was riecht denn hier so komisch?« fragte der eine.

Der andere: »Ich weiß nicht. Furz, es riecht nach Furz.«

»Ich glaub', das kommt aus einem der Rohre da drüben.«

Der Fremde, Muki, Volinka und Amadou saßen in der Falle. Durch das Lüftungsgitter konnten sie die Beamten sehen, wie sie sich dem Rohr näherten. Einer von ihnen steckte sogar seine Nase zwischen die Lüftungsrippen und schnupperte. Amadou hätte die Haare in seinen Nüstern zählen können. Alle hielten den Atem an.

»Und?«

»Hier ist es! Riech du mal!«

Jetzt hielt der andere seine Nase ans Gitter.

Sie hatten keine Chance mehr. Amadou trat der Schweiß aus allen Poren, und Volinka hätte am liebsten losgeschrien. Sein Jahr war fast rum, und jetzt sollten sie ihn doch noch kriegen und zurück in den Abschiebeknast stecken? Das konnte, das durfte einfach nicht sein!

Plötzlich begann der Afrikaner, seltsame Geräusche zu machen: kleine quiekende und scharrende Geräusche, wie von einer Tierfamilie. In seiner Verzweiflung hob Amadou den Deckel des Topfes an und fächelte den Duft nach draußen.

»Weißte was? Das sind Ratten! Da sind lauter Ratten drin!«

»Und wie das stinkt!«

»Laß uns abhauen«, entschied einer der Grenzer nach einigem Zögern. »Hier ist er garantiert nicht, und wie es in dem Rohr aussieht, will ich lieber nicht wissen.«

Und so verließen die Grenzer das Versteck, ohne etwas gefunden zu haben.

»Dein Borschtsch hat uns das Leben gerettet«, schloß Amadou seinen Bericht.

»Ja«, bekräftigte Volinka, »danach mußten wir ihn einfach aufessen. Du bist ja auch nicht zurückgekommen, und da dachten wir …«

»Schon gut«, sagte ich. »Was ist mit Togo?«

»Togo?« fragte Volinka.

»Der Afrikaner. Ich kenne ihn. Sein Name ist Togo.«

Amadou: »Na der war vielleicht komisch drauf: Nachdem wir uns endlich wieder aus dem Rohr getraut haben, hat er jedem von uns eine Holzziege in die Hand gedrückt und sich verpißt.«

33

»Tut mir leid wegen dem Essen«, sagte ich.

»Macht nichts«, anwortete Nisha versöhnlich. »So habe ich wenigstens deine Freunde kennengelernt.«

»Ich hab' noch einen Nachtisch für dich.«

»Ach ja?«

»Ja. Ich muß dir etwas sagen, aber nicht hier.«

»Und ich muß dir etwas zeigen. Komm!«

»Nehmt den Schampus mit«, sagte Volinka und reichte mir die angebrochene Flasche.

»Wollt ihr die nicht behalten?« fragte Nisha.

Muki verschwand hinter der Tonne und kam mit zwei ungeöffneten Flaschen wieder zum Vorschein.

»Hab noch«, rief er, und Volinka und Amadou klatschten Beifall.

»Wohin gehen wir«, fragte ich, als wir auf das Vorfeld hinaustraten.

»Captain, sind Sie bereit für Ihren ersten Langstreckenflug?«

»Wo soll es denn hingehen?«

»Ins Land der aufgehenden Sonne.«

»Japan?«

Sie zog mit zwei Fingern ihre Augen zu Schlitzen: »Doitsu he youkoso. We hope you enjoy the flight, sir.«

Während wir zu Terminal 2 D hinüberschlenderten, servierte ich Nisha den Nachtisch. Ich versuchte, so beiläufig wie möglich zu klingen.

»Ach, übrigens: Ich habe einen Weg gefunden, wie du Asis nachkommen lassen kannst.«

»Du machst Witze.«

»Kein Witz. Ich habe einen Freund, der sich um alles kümmert, mit Begleitservice von Tür zu Tür.«

»Wieviel?«

»Er macht dir einen guten Preis: zweitausend.«

»Nur zweitausend? Das glaube ich nicht.«

»Ich habe dich als meine Freundin ausgegeben.«

Ich konnte mich täuschen, aber ich glaubte, Nisha rot werden zu sehen.

»Bis wohin?«

»Du kannst ihn am Gate in Empfang nehmen.«

Schweigen.

»Woher soll ich wissen, ob ich ihm trauen kann?«

»Er hat mich aus der Transitunterkunft geholt ...«

Nisha blieb stehen und zog mich zu sich heran. Sie hatte Tränen in den Augen. Die kühle Brise war einer völligen Windstille gewichen. Die Luft lag schwer über dem Flughafen und roch nach Kerosin und Diesel. Ein Leo fuhr an uns vorbei.

»Alexej, mach jetzt keinen Mist. Ich muß mich auf dich verlassen können! Du hast jemanden, der Asis garantiert unversehrt für zweitausend Euro von Bangalore nach Frankfurt bringt?«

»Wenn ich es dir sage! Sein Name ist Dak. Wir sollen uns am Montag um drei mit ihm in der Kantine in 639 treffen. Nächste Woche kann Asis schon bei dir sein.«

»Nächste Woche schon!?«

»Hat Dak mir gesagt.«

»Ich hab' Angst, Alexej.«

»Keine Sorge, Dak ist in Ordnung, wirklich!«

Und dann schlang sie mir ohne Vorwarnung die Arme um den Hals, ich hielt sie ungeschickt, die halbleere Champagnerflasche in einer Hand, und während wir uns küßten und ich mir wünschte, daß es nie wieder aufhören würde, tropften ihre Tränen auf meine Wange.

34

Vor einer Fluggasttreppe hielt Nisha inne: Eine 747-400, Japan Airlines – die größte von allen, ein Mammut. Kein Flugzeug der Welt klingt so mächtig, wenn die Turbinen aufheulen.

»Ist sie das?« fragte ich ehrfürchtig.

»Sind Sie bereit zum Start?«

In meinen Träumen war ich sie tausendmal geflogen.

»Natürlich.«

Die 747 hat eine Wendeltreppe, die in die First Class des Upper-Decks und zum Cockpit führt. Nisha und ich machten es uns in zwei Liegesesseln bequem und träumten.

»Willst du ein Bild von ihm sehen?« fragte sie in die Dunkelheit hinein.

»Hast du eins dabei?«

»Warte ...«

Sie kramte ihr Portemonnaie aus dem Rucksack, zog ein Foto heraus und reichte es mir. Ich schaltete die Leselampe ein. Das Bild zeigte Asis mit kurzgeschorenen Haaren. Er schaute verunsichert in die Kamera, als fürchtete er, fotografiert zu werden könne weh tun.

»Er hat deine Augen«, bemerkte ich. »Die Frauen werden ihm später zu Füßen liegen.«

Nisha war in Gedanken versunken: »Nächste Woche schon ... Ich kann es noch gar nicht glauben. Und du bist sicher, daß alles gutgeht?«

»Dak hat beste Verbindungen.«

»Alexej?«

»Ja?«

»Deine Hand ist schon wieder mal auf Wanderschaft.«

»Oh, tatsächlich! Und diesmal scheint sie es auf deinen Oberschenkel abgesehen zu haben. Sieh nur!«

Nisha schob meine Hand beiseite und stand auf.

»Das Unterhaltungsprogramm beginnt«, verkündete sie und verschwand hinter einem Vorhang.

Über Lautsprecher erklang ihre Stimme: »Ladies and Gentlemen: We now switch off the cabin light and start our inflight entertainment program. Today we have a fine selection of films made in Bollywood!«

Ich hörte sie mit einer Videokassette hantieren, dann ging der große Monitor an: Eine junge Frau erschien, die aus unerfindlichen Gründen bei strömendem Regen durch einen Park tanzte und dabei eine indische Schnulze sang. Nisha kam hinter dem Vorhang hervor. Mit gespielter Hingabe sang sie die Melodie mit und bewegte sich elegant durch die Sitzreihen. Sie mußte die Kassette schon x-mal gesehen haben. Ich lehnte mich in den Sessel zurück und ließ den Champagner meine Kehle hinunterlaufen.

Nisha tanzte sich ihren Weg in den Mittelgang zurück. Sie und die Sängerin im Film bewegten sich völlig synchron: Sie kreuzten die Arme vor der Brust, legten den Kopf zur Seite, drehten eine Pirouette – und Nisha schlug ohne ersichtlichen Grund der Länge nach auf den Boden, während ihr Double sich keusch über den Kopf strich.

Ich sprang von meinem Sessel auf: »Ist alles in Ordnung?« fragte ich und schwankte etwas.

»Das Flugzeug!«

»Was ist damit?«

»Es rollt!«

Ich sah aus dem Fenster. Wir bewegten uns langsam rückwärts über das Rollfeld. Ich ging durch zum Cockpit und legte mein Ohr an die Tür: nichts. Vorsichtig zog ich sie auf: leer. Inzwischen stand Nisha hinter mir.

»Was machen wir jetzt?«

»Die Tür auf?« schlug ich vor.

Wir liefen die Treppe hinunter und öffneten die Kabinentür. Die Fluggasttreppe, über die wir eingestiegen waren, stand verlassen in unerreichbarer Entfernung.

Von draußen drangen Stimmen zu uns. Nisha und ich legten uns auf den Boden und schoben die Köpfe über den Rand. Ein Leo hatte uns angekoppelt und schob uns ziellos über das Vorfeld wie ein Spielzeug – eine Boeing 747, das größte Flugzeug der Welt. Am Steuer saß Amadou, Volinka hockte mit gespreizten Beinen auf dem Dach und schwenkte eine Champagnerflasche. Die beiden mußten sich ihren Verstand komplett weggesoffen haben: diesmal konnten wir unmöglich davonkommen.

»Attention passengers!« schrie Volinka und benutzte die Flasche wie ein Mikrofon. »We are expecting strong turbulences ahead!«

Ich rief, so laut ich konnte: »Amadou, halt an! Volinka! Seid ihr verrückt geworden?«

»Sind wir verrückt geworden?« fragte sich Volinka und überlegte kurz. »Wir sind uns nicht sicher«, antwortete er.

»Achtung, Linkskurve!« rief Amadou. »Oder nein: Rechtskurve. Volinka, hilf mir! Wo ist links und wo ist rechts?«

»Es ist ganz einfach: Links ist gegenüber von rechts.«

»Okay, dann machen wir eine Rechts-links-Kombination.«

Das erste Vorfeldüberwachungsfahrzeug kam von Terminal 1 B auf uns zugerast, weiter hinten folgte ein BGS-Transporter mit Blaulicht – und Nisha und ich saßen im Flugzeug fest, ohne eine Möglichkeit abzuhauen.

»Amadou! Volinka! Die Grenzer kommen!«

Die beiden zu warnen war alles, was ich tun konnte, Nisha und ich hatten ausgespielt: Kein Asyl, kein Job, keine Stewardessenausbildung. Ich blickte in die Nacht hinaus und beobachtete die wachsende Zahl von Blaulichtern – wie Heuschrecken, die sich über meine Zukunft hermachten. Komischerweise hatte ich keine Angst vor dem, was jetzt kommen würde – es lag nicht mehr in meiner Macht. Ich war nur traurig über das, was jetzt nicht mehr kommen würde. Es war Nisha, die als einzige Geistesgegenwart bewies.

»Los, rein«, befahl sie, zog mich vom Ausgang weg und schloß die Tür.

»Wozu?«

»Vielleicht haben sie noch nicht gemerkt, daß jemand im Flugzeug ist.«

Ich wußte nicht, was für einen Unterschied das machen sollte, hatte aber nichts dagegen, erst später entdeckt zu werden. Volinka und Amadou waren inzwischen vom Schlepper gesprungen und hatten sich in Richtung der Startbahnen geflüchtet. Durch ein Fenster sah ich, wie Volinka im Laufen noch einen Zug aus der Flasche nahm, bevor er sie in hohem Bogen auf das Vorfeld schleuderte. Dann geisterten nur noch Schatten über den Rasen.

Der Transporter der Vorfeldaufsicht war unter uns hindurchgefahren und patrouillierte über die Rollbahnen, die Grenzer hatten ihren Wagen stehen lassen und zu Fuß die Verfolgung aufgenommen. Alle neu hinzukommenden Fahrzeuge steuerten direkt die hinteren Rollbahnen an.

»Bereit?« fragte Nisha.

Bis zum Boden waren es locker acht oder zehn Meter.

»Bereit für was?«

»Wir werden notlanden.«

Sie legte den Hebel um, der die Notrutsche einhakt, und öffnete die Tür. Mit einem lauten Knall platzte die Rutsche heraus und blies sich in Sekundenschnelle auf.

Aus verschiedenen Richtungen ertönten Martinshörner, flackernde Lichter überschwemmten die Rollbahnen – doch das Vorfeld war menschenleer: Alle Aufmerksamkeit richtete sich auf die Fliehenden. Wir befanden uns im Auge eines Orkans.

»Eins ...«

»Zwei ...«

Bei »drei« ließen wir uns gemeinsam die Notrutsche hinuntergleiten. Hand in Hand rannten wir über das Vorfeld, ohne daß jemand Notiz von uns nahm, und retteten uns durch einen Seiteneingang in eine Gepäckhalle in Terminal 2 E.

Am Eingang drehte ich mich noch einmal um und bewunderte den Jumbo. Inzwischen war ein BGS-Fahrzeug eingetroffen: Zwei Männer standen ratlos vor der Notrutsche – für einen solchen Fall war die Dienstordnung nicht gerüstet. Die Boeing stand majestätisch im Schein der Lichter und schien über den ganzen Flughafen zu gebieten – die größte Anmaßung gegen die Schwerkraft, die die Menschheit sich je erlaubt hat: Siebzig Meter lang, fünfundsechzig Meter breit und 380000 Kilogramm schwer. Und für eine halbe Stunde hatte sie uns gehört.

35

Die Gepäckhalle war nicht in Betrieb. Noch einmal auf das Vorfeld hinauszugehen konnten wir nicht wagen, also setzte ich eins der Förderbänder in Gang, ergriff eine Gepäckwanne, und gemeinsam ratterten Nisha und ich in den Untergrund.

»Was ist mit Amadou und Volinka?« rief sie.

»Keine Sorge, *die* kriegen sie nie.«

Ich wunderte mich über meine Zuversicht, doch aus irgendeinem Grund war ich sicher, daß Amadou und Volinka entwischen würden. Amadou würde notfalls über seine Verfolger einfach hinwegspringen, und Volinka ... Ich sah ihn vor mir, wie er mit seinen Muskelbergen eine ganze Armada von BGS-Transportern durch die Absperrung schob, die Beamten in den Wagen mit vor Entsetzen aufgerissenen Mündern. Nein, Amadou und Volinka würden sie niemals kriegen.

Muki hatte das ganze Spektakel verschlafen. Als Nisha und ich im Versteck eintrafen, hing er in seiner Matte und schnarchte. Überall lagen leere Flaschen verstreut, und nirgends gab es etwas zu essen oder zu trinken – sie hatten unser Versteck kahlgefressen wie Insekten.

»Was jetzt?« fragte Nisha.

Sie sah unglaublich schön aus: Ihre Augen glänzten, eine wilde Haarsträhne klebte ihr im Nacken. Sie war ganz Erregung und Glück, wie nach dem Gewinn einer Weltmeisterschaft. Mein Verlangen war übermächtig.

»Ich hätte da eine Idee ...«

Nisha sah mich argwöhnisch an: »Hier? Jetzt? Ist nicht dein Ernst?«

»Meinst du?«

Diesmal war ich es, der sie zu sich zog, und als wir uns küßten, waren darin die gesamten Aufregungen des vorangegangenen Abends enthalten: Die Stunden, die ich kniend vor dem Gaskocher zugebracht hatte, das endlose Warten an Tor 25, Schube, drei betrunkene Männer und ein leergefressener Topf, ein Flug ins Land der aufgehenden Sonne, die Irrfahrt übers Rollfeld und schließlich die Flucht aus einer notgelandeten 747.

»Ich zeig dir mein Zimmer«, sagte ich und führte sie zu meiner Röhre.

»Darin schläfst du?«

»Darin wohne ich. Komm ...«

Sie sträubte sich: »Ich weiß nicht ... Was ist, wenn Muki aufwacht?«

Ich sah hinüber zur Hängematte. Mukis Kopf hing in einem absurden Winkel über den Rand, sein Arm baumelte tot in der Luft. Eine ganze Kompanie hätte nicht lauter schnarchen können.

»Guter Witz.«

Wir kicherten verlegen, als wir versuchten, die Decken und Kissen so zu ordnen, daß sie uns nicht im Weg waren.

»Du bist ganz aufgeregt«, sagte Nisha.

»Du auch ...«

Wir küßten uns ungeschickt, und zum ersten Mal durften meine Hände ihren Körper berühren. Ihre Haut war wie elektrisiert, und als ich ihren Hals küßte, spürte ich ihren Puls an meinen Lippen. Neben ihr kam ich mir richtig ungehobelt vor. Ich wollte zärtlich sein und zurückhaltend, doch trotzdem fühlte sich alles, was ich machte, grob an.

»Du mußt keine Angst haben«, flüsterte Nisha, »ich bin kein Schmetterling.«

Das flößte mir Mut ein. Ich knöpfte ihre Bluse auf, und als sich Nisha in einer leidenschaftlichen Umarmung an mich drückte, versuchte ich, ihren BH zu öffnen.

Der Verschluß hatte seinen Widerstand aufgegeben, und ich

schob den BH vorsichtig über Nishas Brüste, als plötzlich die Tür aufging – ausgerechnet jetzt mußten die beiden Schnapsdrosseln zurückkommen! Und dann hörte ich Volinka, in dessen Stimme ein fremder Unterton mitschwang: »Alexej?«

Als meine Großmutter meine Mutter anrief, um ihr zu sagen, daß Großvater überraschend gestorben war, hatte das Schweigen am anderen Ende der Leitung ausgereicht, um zu wissen, was passiert war. Meine Mutter hielt nur stumm den Hörer ans Ohr gepreßt, und nachdem der Lauf des Lebens einen Moment ausgesetzt hatte, sagte sie: »Es tut mir so leid, Mutter.«

In diesem Fall reichte ein Wort – mein Name –, und ich wußte, was geschehen war. Ich schob meinen Kopf aus der Röhre. Volinka sah furchtbar aus. Vielleicht erschien mir sein Anblick um so entsetzlicher, weil ich noch nie erlebt hatte, daß er etwas anderes als Frohsinn verbreitet hatte. Nur mühsam brachte er die Worte hervor.

»Sie haben Amadou erwischt.«

36

»Was glaubt ihr, was das hier ist?« fluchte Dak. »Ein Rummelplatz? Saufen sich die Hucke voll und kapern einen Jumbo-Jet! Habt ihr euch gegenseitig ins Hirn geschissen, oder was? Ich riskiere hier jeden Tag meinen Arsch für euch, und was ist der Dank? Ihr schließt einen Leo kurz und fahrt mit einem Jumbo spazieren. Von jetzt an läuft das hier anders! Ihr verlaßt das Versteck nur noch, um zu arbeiten, und wenn ihr fertig seid, geht's ohne Umwege zurück. Keine Sperenzchen mehr, und vor allem: Kein Alkohol! Nicht einen Tropfen!«

Dak ging die Puste aus.

»Was ist mit Amadou?« fragte ich.

»Was soll mit ihm sein? Er sitzt in der Transitunterkunft, nächsten Freitag wird er abgeschoben. Seinen Antrag haben sie abgelehnt. Er wußte nicht, daß der Vorsitzende seiner Widerstandsgruppe eine Ehrung des deutschen Richterbundes erhalten hat, folglich hat er sich seine ganze Geschichte nur ausgedacht. Zack«, Dak schnipste mit den Fingern, »und du bist weg vom Fenster. So einfach ist das.«

Nächsten Freitag schon, in nicht mal einer Woche. Freitag der Dreizehnte.

»Wie sollen wir ihn so schnell da rausholen?« fragte Volinka.

»Gar nicht! Das könnt ihr vergessen! Alexej war garantiert der letzte, der aus 182 abgehauen ist. Seitdem wird das Gebäude rund um die Uhr bewacht, und Kameras haben sie auch installiert. Da kommt keine Ratte mehr ungesehen raus.«

»Aber wir können doch nicht einfach mit ansehen, wie sie ihn abschieben!«

»Dazu werdet ihr auch keine Gelegenheit haben. Ihr werdet

nämlich arbeiten. Und daß mir keiner von euch auf komische Gedanken kommt!«

»Aber Boß …«, setzte Volinka an.

Dak schnitt ihm mit einer brüsken Bewegung das Wort ab: »Schluß jetzt! Hört auf zu winseln! Ich kann nichts mehr für ihn tun. Und selbst wenn: Ich würde nicht. Amadou hat sich den Scheiß selbst eingebrockt, und du, Volinka, kannst von Glück sagen, daß sie dich nicht auch erwischt haben. Ach, und Alexej: Finger weg von dieser Nasha …«

»Nisha.«

»Scheißegal, wie sie heißt! Eure Turteleien bringen uns alle noch in Teufels Küche! Ich will euch nicht mehr zusammen sehen, klar?«

Leck mich, dachte ich.

»KLAR!?«

Leck mich noch mal.

»Ja.«

37

Um Viertel vor drei traf ich mich mit Nisha in der Kantine. Ich versuchte, Zuversicht zu verbreiten, aber bereits bei der Begrüßung merkte sie, daß etwas nicht stimmte.

»Was ist mit dir? Gibt es Probleme?«

»Nein, nein, alles in Ordnung. Dak hat gesagt, daß er gute Nachrichten für dich hat. Ich bin sicher, es wird keine Probleme geben.«

»Was ist es dann?«

Ich schwieg.

»Ist es ... Es ist wegen Amadou. Sie werden ihn abschieben ...«

Ich sagte Nisha nichts von meinen Schuldgefühlen. Sie wußte nichts von unseren Fluchtplänen, und daß ich Amadou ihretwegen versetzt hatte, und ich wollte ihr auch nichts davon sagen. Wenn sie erfahren hätte, daß Amadou ausgerechnet an dem Tag geschnappt worden war, an dem wir hatten abhauen wollen, hätte sie sich nur selbst schuldig gefühlt.

Als Dak kam und mich mit Nisha am Tisch sitzen sah, verfinsterte sich augenblicklich seine Miene.

»Ich bin Dak«, sagte er und reichte Nisha die Hand. Und zu mir: »Hat das hier irgendwas mit *dir* zu tun? Ich hab' dir gesagt, ich will euch beide nicht mehr zusammen sehen. Das bringt nur Ärger.« Er wandte sich an Nisha: »Das kannst *du* dir auch gleich hinter die Ohren schreiben. Wenn du willst, daß ich dir helfe, gehst du Alexej besser aus dem Weg. Du bringst hier einiges durcheinander.«

Nisha nickte kleinmütig. Ich konnte es ihr nicht verübeln, auch wenn ich mir heimlich wünschte, daß sie vom Tisch aufspringen und ausrufen würde: »Alexej nicht mehr sehen? Niemals!«

Dak war der, dem ich es übel nahm. Er mißbrauchte seine Position, um Nisha Dinge abzuverlangen, die ihm nicht zustanden.

Ich sah ihn durchdringend an: Nisha sollte nichts davon wissen, daß Dak in Wirklichkeit 4000 Euro verlangte und ich die andere Hälfte aus eigener Tasche zahlte.

»Ich hab' dich schon verstanden«, sagte Dak rüde. »Du kannst jetzt gehen.«

»Erst wenn ich sicher bin, daß alles okay ist«, sagte ich und blieb sitzen.

Dak schüttelte wie immer müde seinen Kopf: »Bringen wir's hinter uns.«

Es würde alles gutgehen. Dak arbeitete mit einem Schlepper zusammen, der schon morgen nach Indien flog und am Freitag mit Asis zurückkommen könnte. Er würde ihn bei Nishas Schwester abholen und selbst zum Flughafen bringen. Den ganzen Flug über wären er und zwei Frauen, die ebenfalls eingeschleust werden sollten, bei Asis, und in Frankfurt waren bereits alle Vorkehrungen getroffen worden, um ihn unbehelligt durch die Kontrollen zu bringen. Alles, was der Schlepper benötigte, waren Asis' Adresse, ein Foto und das Geld.

Mit zittriger Hand händigte Nisha Dak das Foto aus: »Die Adresse steht auf der Rückseite.«

Dak steckte es ein, sorgsam darauf bedacht, keinen Blick darauf zu werfen – Gefühle und Geschäft vertrugen sich nicht. Am Ende hätte er den Kleinen noch rührend gefunden oder so etwas und ein schlechtes Gewissen bekommen, Nisha und mich um unsere gesamten Ersparnisse zu bringen. Statt dessen rieb er Daumen und Zeigefinger aneinander: Zeit für den geschäftlichen Teil. Nisha nahm zögerlich einen Briefumschlag aus ihrem Rucksack und legte ihn auf den Schoß.

»Alexej hat gesagt zweitausend, richtig?«

Dak sah erst mich an, dann Nisha: »Korrekt.«

»Und Asis kommt ganz bestimmt?«

»Hundert Prozent.«

Sie reichte Dak den Briefumschlag unter dem Tisch durch. »Es ist alles, was ich habe.«

»Ich weiß«, sagte Dak genervt: Erspart mir bloß euer Leid. Er ließ den Umschlag unauffällig in seinem Jackett verschwinden.

»Ich sag' euch noch genau wann und wo. Und jetzt tut mir den Gefallen, und geht – und wenn möglich, in verschiedene Richtungen. Alexej! In zehn Minuten will ich dich bei Muki und Volinka im Cargo sehen.«

38

Am meisten angst macht mir die Geschwindigkeit, mit der plötzlich alles passiert. Vor einer Woche noch war es nicht mehr als ein Wunschtraum, Asis nachkommen zu lassen, jetzt plötzlich ist es konkret: Es wird passieren! Das Herz schlägt mir bis zum Hals. Asis wird kommen, am Freitag schon, in nur vier Tagen!

Wie lange ich ihn schon nicht mehr gesehen habe! Bestimmt ist er gewachsen. Am Telefon sagt er immer nichts, weil er nicht glauben kann, daß ich es bin, die aus der Plastikschale spricht – daß ich da bin, ohne wirklich da zu sein –, aber Lakshmi sagt, sonst redet er den ganzen Tag wie ein Wasserfall.

Ich weiß noch, wie sie ihn mir nach der Geburt auf den Bauch gelegt haben, und als ich ihn das erste Mal in den Armen gehalten habe, da hat er seine Augen zugekniffen und geniest. Das war das erste, was er in seinem Leben gemacht hat – er hat mich angeniest.

Irgendwie bin ich erleichtert: Indem ich Dak das Geld gegeben habe, habe ich ihm auch einen Teil der Verantwortung übertragen. Jetzt kann ich nichts mehr tun. Alexej war dabei und brachte mich anschließend nach draußen. Als wir uns umarmten, habe ich gleichzeitig gelacht und geweint.

39

Am schlimmsten war das Ohnmachtsgefühl: Muki, Volinka und ich hatten uns das Hirn zermartert, aber wir konnten tatsächlich nichts mehr für Amadou tun. Ich hatte mir die Transitunterkunft noch einmal angesehen. Dak hatte recht gehabt: Inzwischen war das Gebäude hermetisch abgeriegelt und wurde streng überwacht – kein Weg rein und erst recht keiner raus. Daraufhin hatten wir es ein letztes Mal bei Dak probiert, aber der war so außer sich geraten, daß er mit Essenstabletts nach uns geworfen und uns zum Teufel gewünscht hatte.

Der Freitagmorgen ging ungewohnt schweigsam vonstatten. Wir dachten alle an Amadou und daß er heute abgeschoben werden sollte. Ich fragte mich, was für Gedanken ihm durch den Kopf gehen mochten: Wußte er, was ihn »zu Hause« erwartete? Hatte er Angst? Nicht einmal Volinka sagte etwas.

Als Dak uns das Frühstück brachte, sagte er nur: »In einer halben Stunde vor A 16«, und stellte die Tabletts ab. Im Gehen drehte er sich noch einmal um: »Ach, Romeo«, damit meinte er mich, »um eins landet die Maschine, die den Sohn deiner Freundin an Bord hat.«

An diesem Tag verspürte selbst er das Bedürfnis, etwas zu sagen, das uns aufrichten sollte.

Wir legten eine Schweigeminute ein – die einzige Form der Anteilnahme, die wir uns erlauben konnten, wenn uns nicht das gleiche Schicksal widerfahren sollte wie Amadou. Wir wußten, welche Maschine für ihn bestimmt war, in der Ferne sahen wir den Transporter, mit dem sie ihn zum Flugzeug brachten. Amadou selbst konnten wir nicht sehen, nur einen Pulk aus Grenzern. Ich war ganz froh darüber.

Es war ein schöner Tag, der Himmel makellos blau. Amadous Flug ging um 11 Uhr 5 Minuten. Die Maschine startete planmäßig. In den Freibädern der Stadt planschten sorglose Kinder im Wasser oder spielten Federball.

Als hinter uns die Turbinen aufheulten, hörten wir auf zu arbeiten und drehten uns um. Es war nicht abgesprochen, wir hatten nur alle drei im selben Moment denselben Gedanken. Wie zum letzten Geleit stellten wir uns nebeneinander auf und verfolgten den Start der Maschine: ein mongolischer Maulesel, ein verrückter Afrikaner und ein gestrandeter Russe – illegale Schwarzarbeiter mit falschen Pässen und falschen Namen im undurchschaubaren Getriebe des Frankfurter Flughafens.

Der Vorarbeiter riß die Tür seines Büros auf und brüllte etwas, aber ich hörte ihn nur von Ferne, und mein Gehirn machte sich nicht die Mühe, den Sinn seiner Worte zu entschlüsseln. Wir standen einfach nur da, im Schein der Sonne, und blickten der Maschine nach, bis sie außer Sicht war. Ein paar Gepäckstücke fielen zu Boden, vielleicht ging irgendwo eine Flasche zu Bruch oder ein alter Reisewecker. Ein Förderband mußte kurzzeitig angehalten werden, und der Start einer Chartermaschine nach Fuerteventura verzögerte sich um ein paar Minuten. Eine Stunde später erinnerte sich niemand mehr an den Vorfall.

40

Um 13 Uhr landete das Flugzeug, das Asis an Bord hatte. Freitag, den Dreizehnten, um 13 Uhr. Eine Unglücksversicherung mit Auszahlungsgarantie. Ich hoffte, daß es sein würde wie in Mathe: minus mal minus ergibt plus.

Es war alles nach Plan verlaufen: Der Schlepper hatte Asis wie abgemacht bei Lakshmi in Bangalore abgeholt und in den Flieger nach Frankfurt gesetzt. Asis ließ alles geduldig über sich ergehen. Lakshmi hatte ihm zwei Tage lang eingeschärft, daß er keine Angst haben müsse und ihm nichts zustoßen werde. Er müßte nur tun, was der Schlepper ihm sagte, und Geduld haben, dann würde er nach einem langen, langen Flug endlich seine Mama wiedersehen.

Asis hatte ein bißchen Angst, weil er nicht wußte, wie lange ein langer, langer Flug dauerte. Hieß ›lang, lang‹, daß er sich nachher nicht mehr erinnern konnte, wann der Flug angefangen hatte? Und was, wenn er zwischendurch aufs Klo mußte? Würden sie dann seinetwegen eine Pause machen und ohne ihn weiterfliegen?

Doch dann war es gar nicht so schlimm: Der Mann, der ihn abholte, hatte ein Spielzeug dabei – ein Spacemonster: eine Mischung aus Dinosaurier und Roboter, das sich mit ein paar Handgriffen in ein Raumschiff verwandelte. Dann wurden die Arme des Monsters plötzlich zu Düsen, und der Helm war die Kommandobrücke.

Beim Start mußte Asis weinen, aber da waren zwei Frauen, die sehr nett zu ihm waren, und nachdem er ihnen gesagt hatte, daß er nicht weinte, weil er traurig war, sondern weil ihm seine Ohren weh taten, da gaben sie ihm Gummibärchen zu essen, und irgendwann war es dann weg. Außer ihm gab es noch einen anderen Jungen, der genauso alt war wie Asis und auch ohne seine Eltern flog: Gotam. Sie hatten benachbarte Plätze, so konnten sie miteinander spielen. Manchmal wechselten sie auch die Seiten – jeder durfte mal rausgucken.

Irgendwann war Asis eingeschlafen. Als er wieder aufwachte, war Gotam nicht mehr da, aber eine von den Stewardessen sagte ihm, daß es jetzt nicht mehr lange dauern und sie bald landen würden. Alle waren sehr freundlich.

Nach der Landung kam eine Frau und führte ihn durch einen Gang und eine Halle zu einem Schalter, an dem ein Mann saß, der ihn anlächelte, einen Stempel irgendwo reindrückte und etwas zu ihm sagte. Asis lächelte zurück, und die Frau ging mit ihm durch eine elektrische Schiebetür und führte ihn zu einem Mann, den er nicht kannte und der eine schwere silberne Uhr trug – eine, wie Damodar sie hatte.

»Hier ist er«, sagte die Frau zu dem Mann, beugte sich zu Asis herunter und strich ihm über den Kopf. »Tschüs, Gotam.«

Der Mann sah sie böse an: »Das ist nicht mein Sohn!«

Er schimpfte mit der Frau, dann wurde er wütend und fing an, zu schreien. Asis bekam schreckliche Angst und mußte weinen, und dann war plötzlich seine Hose ganz naß. Und Mama war nicht da. Dabei hatte er doch alles genauso gemacht, wie Lakshmi es ihm gesagt hatte.

41

Um halb zwei kam Dak mit seinem Transporter vorgefahren, der Schlepper saß auf dem Beifahrersitz – ein langer, schlaksiger Typ in Anzug, mit wirren Haaren und Händen, die noch nie einen Schraubenzieher gehalten hatten. Muki, Volinka und ich waren immer noch mit Gepäckverladen beschäftigt. Seit Amadous Abflug hatten wir ununterbrochen gearbeitet, mein Rücken war ganz hart. Hoffentlich war wenigstens mit Asis alles glatt gelaufen.

»Steig ein, du fährst« sagte Dak. »Ihr müßt den Sohn deiner – wie auch immer sie heißt – aus einem Crew-Container in Hangar 12 holen. Bringt ihn einfach her, um den Rest kümmere ich mich dann.«

Es hörte sich an, als hätten wir es genau so geplant.

»Was?« protestierte ich. »Es war doch abgemacht, daß Sie ihn durch die Kontrollen bringen – von Tür zu Tür, wie bei UPS.«

»Reg dich ab«, sagte Dak. »Es gab ein kleines Problemchen. Er ist hier, und es geht ihm gut. Hauptsache ist doch, daß er seine Mutti bald wieder hat.«

Dak und der Schlepper grinsten sich an. Es war ihnen scheißegal, daß sie die Vereinbarung nicht einhielten. Tschto sa podonki!

»Wieso fahren *Sie* nicht und holen ihn?« fragte ich Dak.

»In Hangar 12 gibt es ein paar Leute, die nicht gut auf mich zu sprechen sind. Es ist sicherer für euch, wenn ich hierbleibe.«

Ich setzte mich ans Steuer: »Was ist mit Nisha?«

»Sie wird sich freuen, ihn zu sehen, meinst du nicht?«

»Sie weiß noch gar nicht, daß er da ist?«

»Ich dachte, wir überraschen sie.«

Von wegen. Dak mußte gewußt haben, daß sie Asis nicht ohne weiteres durch die Kontrollen bringen würden, und hatte Nisha deshalb die Ankunftszeit verschwiegen. Wahrscheinlich war das Von-Tür-zu-Tür-Gequatsche von Anfang an ein leeres Versprechen gewesen.

An Hangar 12 standen drei frisch geparkte Crew-Container in einer Reihe.

Der Schlepper machte zum ersten Mal seinen Mund auf: »Einer von denen muß es sein.«

Ich stieg aus und öffnete nacheinander die Container. Die ersten beiden waren leer. Meine Wut auf Dak und den Schlepper brodelten in mir und mischten sich mit der Sorge, daß mit Asis etwas schiefgegangen sein könnte.

Doch ich hatte Glück: Als ich das Tor zum dritten Container öffnete, saß er mit tränenverschmierten Wangen auf der Liegebank und zitterte wie ein Hund. Ein überwältigendes Glücksgefühl stieg in mir auf: Bei Amadou hatte ich versagt, mit Asis aber würde ich es wiedergutmachen. Ich würde ihn unversehrt zu Nisha bringen.

Er sah mich unsicher an. Das Foto, das Nisha mir gezeigt hatte, mußte schon älter gewesen sein – inzwischen hatte er mittellange Haare und sah fast aus wie ein Mädchen.

»Keine Angst«, sagte ich, »du mußt keine Angst vor mir haben. Ich bringe dich zu Nisha.«

»Nisha?«

»Ja, zu deiner Mama.«

»Papa!«

Papa? Ein unheimlicher Verdacht stieg in mir auf.

»Bist du nicht Asis?« fragte ich.

»Nicht Asis, Gotam!«

Ich nahm den Kleinen auf den Arm und verließ den Container, der Schlepper ließ vor Schreck die Zigarette fallen, als er den Jungen sah. Dann fing er an zu lachen.

»Was gibt's da zu lachen?« wollte ich wissen.

»Diese versoffene Stewardeß hat die Kinder vertauscht! Der Vater von dem da wird ganz schön große Augen gemacht haben, als sein Kind plötzlich mit Glatze vor ihm stand.«

Der Schlepper schien das alles wahnsinnig komisch zu finden. Ich schäumte vor Wut, stellte Gotam auf dem Boden ab, packte den Schlepper am Kragen und zog ihn aus dem Transporter. Plötzlich sah er ganz blaß aus und hatte denselben Ausdruck in den Augen wie Dak neulich: Angst.

»Was regst du dich so auf«, sagte er beschwichtigend. »Es ist doch nicht *dein* Kind.«

»Wo ist Asis?!«

»Was weiß ich? Sie werden ihn in die Transitunterkunft gebracht haben.«

Was das bedeutete, wußte ich nur zu gut: Er war auf halbem Weg zurück nach Indien. Nisha würde durchdrehen, wenn sie davon erfuhr.

»Wir haben dich bezahlt, damit du Asis sicher durch die Kontrollen bringst, und nicht, damit er im Knast landet!«

»Ihr habt mich bezahlt, damit ich ihn nach Frankfurt bringe. Das hier ist Frankfurt, oder? Und Asis ist da. Also: Was willst du mehr?«

»Du wirst ihn da rausholen!«

»Du spinnst vielleicht: Weißt du, was das kostet?« Er grinste süffisant. »Das kann einer wie *du* nicht bezahlen.«

Ich weiß nicht mehr, wie oft ich auf ihn einschlug. Ein paarmal ins Gesicht, und in den Magen auch, glaube ich. Er war zu überrascht, um sich zu wehren, und ging sofort zu Boden.

Ich richtete ihn auf und drückte ihn gegen die Tür des Transporters, der Junge stand daneben und hielt sich verzweifelt die Ohren zu. Es dauerte einen Moment, bis der Schlepper wieder festen Boden unter den Füßen hatte. Verächtlich sah er auf mich herab.

»Du bist aber so was von bescheuert«, sagte er, und dann beging ich einen Fehler: Ich schlug seinen Kopf gegen die Seitenstrebe, die ein hohles, blechernes Ächzen von sich gab, und von einer Sekunde auf die andere wich alle Spannung aus seinem Körper. Ich konnte ihn nicht mehr aufrecht halten, er rutschte zu Boden und blieb reglos neben dem Vorderrad liegen. Der kleine Junge hielt sich weiter die Ohren zu. Rostislavs Gesicht tauchte vor mir auf: Ich sah ihn mit leblosen Augen auf dem Lehmboden liegen, das Blut aus seiner Nase laufend.

Die Luft lag auf dem Asphalt wie Lava. Im Schatten neben dem Eingang drehte sich eine Plastiktüte im Kreis. Plötzlich ging alles ganz langsam. Dafür wurde es ganz klar: wie Sand, der sich absetzt und sauberes Wasser zurückläßt. Mein Leben war verwirkt. Amadou, Nisha, Asis – ich hatte meine Chancen bekommen und leichtfertig vertan. Wozu noch wegrennen? Ich wollte nicht mehr wegrennen, ich war zu müde dazu. Ich würde einfach stehenbleiben. Und warten. Irgendwann würde jemand kommen und mich mitnehmen.

Doch es kam niemand. Und dann merkte ich, daß der Schlepper gar nicht tot war: Er war nur ohmächtig, sein Brustkorb hob und senkte sich friedlich in gleichmäßigen Abständen.

Mein Überlebenstrieb setzte wieder ein: Ich stand schon viel zu lange hier herum, jeden Moment konnte jemand auftauchen, der sich zwangsläufig fragen müßte, was dieses Szenario zu bedeuten hatte, und dann wäre ich im Arsch.

Mir fiel nichts Besseres ein, als den Schlepper auf meine Schultern zu nehmen und ihn in einen voll beladenen Frachtcontainer zu stecken, der zur Abholung bereitstand. Dann klemmte ich mich hinters Steuer und fuhr zurück zur Verladehalle. Im Rückspiegel sah ich den Jungen – er preßte immer noch schützend die Hände auf die Ohren. Mein erster Impuls war, umzukehren und ihn mitzunehmen, aber was dann? Wahrscheinlich war das Beste, was ich für ihn tun konnte, ihn zu lassen, wo er war. Irgendjemand würde sich um ihn kümmern. In Deutschland geht niemand so einfach verloren.

Dak versuchte, seine Autorität zu wahren: »Was ist passiert? Wo ist Schlepper? Und wo ist der Junge?«

Ich ging an ihm vorbei, ohne zu antworten.

»Alexej! Du hast zu arbeiten!« rief er. »Bleib hier, ich verbiete dir zu gehen!«

»Fick dich.«

Ich hatte keine Zeit für Erklärungen, ich mußte Nisha finden.

42

Die dicke Basala stand vor 171 und flirtete mit einem Staplerfahrer. Von ihr erfuhr ich, daß Nisha im neuen Terminal war und in Halle D den Flugservice-Bereich von Aero Lloyd putzte. Zu den öffentlichen Bereichen hatte ich keinen Zugang, also bearbeitete ich Basala so lange, bis sie sich einverstanden erklärte, Nisha auszurichten, daß ich an Tor 75 auf sie warten würde.

Nisha sah nicht eben erfreut aus: »Was willst du? Dak hat gesagt, wir dürfen uns nicht sehen. Heute kommt Asis, ich will kein Risiko eingehen.«

Ich hatte mir vorgenommen, ihr die Wahrheit zu sagen, auf jeden Fall – bis eine Minute vorher.

»Ich weiß, Dak schickt mich. Ich soll dir etwas ausrichten: Asis kommt erst morgen, der Flug ist annulliert worden. Aber ansonsten läuft alles nach Plan, du brauchst dir keine Sorgen zu machen.«

Sie schluckte es. Ich hoffte nur, daß sie nicht so bald auf die Idee kommen würde, bei Lakshmi anzurufen, um zu fragen, wo Asis in der Zwischenzeit geblieben war. Eine überflüssige Sorge, wie sich bald herausstellen sollte.

Als wir uns verabschiedeten, war ihr Unmut verflogen: »Es tut mir leid, daß ich eben so grob war. Seit ich weiß, daß Asis kommt, habe ich einfach keine ruhige Minute mehr. Wenn das alles vorbei ist, dann mußt du mir noch mal dein Zimmer zeigen. Ich habe beim letzten Mal gar keine Gelegenheit gehabt, es mir richtig anzusehen.«

Unter anderen Umständen wäre ich nach diesem Satz vor Freude ohnmächtig geworden, statt dessen hatte ich nur einen dicken Kloß im Hals.

»Ja, klar.«

Sie küßte mich.

»Danke, Alexej.«

Warum konnte ich nicht einfach von einem Blitz erschlagen werden?

Ich hatte einen Tag Aufschub herausgeholt, jetzt mußte ich einen Weg finden, Asis aus der Transitunterkunft zu holen. Ich hatte nur einen Tag Zeit – und das unbestimmte Gefühl, mich immer tiefer in die Scheiße zu reiten.

»Hast du jetzt komplett den Verstand verloren, oder was ist mit dir los?!«

Daks Begrüßung bei meiner Rückkehr in die Verladehalle fiel wenig euphorisch aus.

»Seit anderthalb Stunden stehe ich hier und warte darauf, daß du zurückkommst!«

»Tut mir leid.«

»Ach so, es tut ihm leid. Na, wenn das so ist ... HAST DU SIE NOCH ALLE? Du sagst mir jetzt sofort, was mit Asis und dem Schlepper ist, oder du findest dich in einer Stunde im Transit wieder!«

»Asis ist in 182, und Schlepper macht ein Nickerchen in Hangar 12.«

Auf dem Weg erklärte ich Dak, was passiert war: die Verwechslung der Kinder und daß ich Schlepper k. o. geschlagen und in einen Container geworfen hatte. Von Nisha erzählte ich ihm nichts. Daß ich mir geschworen hatte, Asis aus 182 zu befreien, ging Dak nichts an. Ich saß am Steuer, Dak kauerte auf dem Beifahrersitz, in Hangar 12 mußten sie ihn wirklich auf dem Kieker haben.

Der Junge, Gotam, war nirgends mehr zu sehen. Der Container, in den ich Schlepper gesteckt hatte, leider auch nicht. Er mußte, zusammen mit den drei anderen, die daneben gestanden hatten, abgeholt worden sein.

»Und?« fragte Dak.

Ich zog entschuldigend die Schultern hoch: »Weg.«

»Wie weg?«

»Er stand da vorne ...«

»Eine schöne Scheiße ist das mit dir ...«

Wir stiegen aus. Dak sah den Hangar an, als erwarte ihn darin eine Arena mit ausgehungerten Löwen.

Im hinteren Teil der Halle saßen zwei Arbeiter an einem Tisch und blätterten in der Bild-Zeitung. Die durchgescheuerte Plastiktischdecke zeigte ein wirres Muster aus ascheverkrusteten Kaffeerändern. Dak und ich interessierten die beiden kein Stück.

»Entschuldigung« sagte ich. »Was ist mit den JAL-Containern passiert?«

Der eine goß sich Kaffee nach, der andere legte den Kopf schief, um besser die Körbchengröße der Rückseitenblondine abschätzen zu können.

»Hm?«

»Die JAL-Container!«

Ich deutete in die Richtung, in der sie gestanden hatten.

»Abgeholt«, sagte der eine.

Ich war es gewohnt, wie Luft behandelt zu werden, Dak aber platzte der Kragen: »Und? Wo sind sie jetzt?«

Der andere sah auf die Uhr: »Unterwegs.«

»Unterwegs wohin!?«

»Japan.«

Dak wich alle Farbe aus dem Gesicht: »Seit wann?«

»Zehn Minuten.«

»Wo ist Lehmann!?«

Der mit der Bild-Zeitung nickte in Richtung Büro, aber in dem Moment ging die Tür schon von selbst auf.

»Ach nee«, tönte eine Fistelstimme, die so gar nicht zu ihrem Körper passen wollte, der mühsam von einem XXXL-Blaumann gefangengehalten wurde. »Wenn das nicht unser Freund Daggi ist ...«

»Wir rechnen später ab«, sagte Dak in einer Art, die keine Widerworte duldete. »Zuerst muß ich dein Telefon benutzen.«

Nach zwei Minuten kam Dak wieder aus dem Büro. In der Zwischenzeit war er sichtbar gealtert.

»Hör zu, Alexej! Sie holen die Maschine zurück. Hier läuten gleich die Alarmglocken. Wenn du deinen Arsch retten willst, dann sieh zu, daß du verschwindest.«

»Was ist mit Ihnen?«

»Gute Frage. Wird nicht einfach werden …«

»Und Schlepper?«

»Schlepper wird verhaftet – vorausgesetzt, er lebt noch.«

43

Ich weiß nicht, wie er es erfahren hat, aber Schube hat zu allen Stellen im Flughafen seine Verbindungen, und eigentlich sollte ich mich nicht wundern, daß er von Asis' Einweisung in die Transitunterkunft wußte, bevor irgend jemand anderes davon erfuhr. Und beinahe hätte der notgeile Bock damit alles vermasselt.

Während Muki, Volinka und ich 182 noch einmal unter die Lupe nahmen, tuckerte Schube auf seinem Scooter durch Terminal 2 auf der Suche nach der Stewardessenschülerin seines Herzens. Nisha konnte nicht glauben, was er ihr zu erzählen hatte: Asis sollte bereits in Frankfurt sein? In der Transitunterkunft? Unmöglich. Sie fragte Schube, was mit dem Schlepper sei, und er erzählte ihr, daß ich ihn zusammengeschlagen und in einen Container nach Tokio gesteckt hatte. Das wußte er nämlich auch schon.

Nisha muß ganz schön viel Vertrauen in mich gehabt haben, denn sie weigerte sich standhaft, ihm zu glauben. Doch Schube ließ nicht locker: Er nahm sie mit auf seinen Scooter, wo sie sich an seiner Hüfte festhalten durfte, und brachte sie zu seinem Wagen.

Am Südende des Flughafengeländes gibt es einen kleinen, abgezäunten Schotterplatz, eine Art Hundezwinger mit Stacheldraht. Einmal am Tag werden die Asylanten dorthin gefahren, damit sie zwanzig Minuten Auslauf an der »frischen« Luft bekommen. Schube war ein Meister seines Fachs, er wußte genau, wann sie Asis bringen würden. Als der Kleine aus dem BGS-Transporter stieg, saßen er und Nisha in sicherer Entfernung im Auto und beobachteten ihn.

44

Als ich gesehen habe, wie Asis mit den anderen aus dem Wagen kam, bin ich fast verrückt geworden. Ich wollte aussteigen und zu ihm rennen oder wenigstens nach ihm rufen, aber Schube hielt mir den Mund zu und ließ mich nicht aussteigen.

Asis darf mich nicht sehen. Wenn herauskommt, daß ich seine Mutter bin, schieben sie uns beide ab. Vorerst habe ich keine andere Wahl, als ihn da zu lassen, wo er ist.

Schube hat gesagt, daß er jemanden kennt, einen Grenzer von »ganz oben«. Vielleicht kann der etwas erreichen. Heute abend um neun soll ich Schube im Büro des Vorstandschefs treffen, bis dahin weiß er mehr. Außerdem will er mir »etwas zeigen«. Ich fürchte, Denise hat recht: Es ist Zeit, daß ich mir überlege, was ich will und was ich dafür zu zahlen bereit bin.

Eins weiß ich: Für Asis tue ich alles.

45

»Müssen wir nicht zurück an die Arbeit?« fragte Volinka.

»Ich glaube nicht, daß Dak so bald wieder auftaucht«, antwortete ich. »Was kann uns schon passieren?«

Vom Dach des benachbarten Bürogebäudes aus hatten wir einen guten Blick auf 182. Aber er nutzte uns nichts.

»Muki und ich sind über das Dach geflohen«, sagte Volinka, »durch die Feuerluke. Aber jetzt steht rund um die Uhr ein Wachmann auf dem Gebäude. Und vor die Klimaanlage haben sie auch etwas geschweißt.«

»Übers Dach könnte Asis sowieso nicht abhauen«, sagte ich. »Wir müssen einen anderen Weg finden.«

»Die Putzfrauen haben Zutritt …«

»… Werden aber durchsucht.«

Es war Muki, der die zündende Idee hatte: »Wäsche.«

Volinka und ich sahen uns an.

»Kommt da noch mehr, oder war es das?« fragte Volinka.

Muki zeigte nach unten. Ein Grenzer winkte gerade einen Lieferwagen durch die Absperrung. Der Wagen hielt vor dem Eingang des Gebäudes. Ein Mann in einem weißen Overall stieg aus, öffnete die Schiebetür, stellte vier Wäschetonnen auf den Treppenabsatz, trug sie nacheinander ins Gebäude und kam mit vier anderen wieder heraus. Der Grenzer am Eingang sah nicht mal richtig hinein, und anfassen wollte er die schmutzige Wäsche schon gar nicht. Die Tonnen waren nicht besonders groß, ein Erwachsener hätte nicht hineingepßt. Ein Kind dagegen …

»Hübscher Overall«, sagte Volinka. »Würde dir sicher auch gut stehen.«

Muki: »Samstag liefert er vormittags. Bevor er herkommt, holt er die Wäsche aus 183 ab.«

Samstag war morgen, und in 183 war am Wochenende nicht viel los.

Der Wagen verließ das Gelände, ohne noch einmal kontrolliert zu werden. Ein Blick durch die Seitenscheibe, das war alles.

»Wir brauchen jemanden in der Unterkunft, der uns hilft«, überlegte ich laut.

Volinka sah mich eindringlich an: Stunde der Wahrheit.

»Wie sieht's aus?« fragte er. »Bist du sicher, daß du das willst? Wenn es schiefgeht, mußt du zurück nach Rußland.«

»Ich bin sicher. Ganz sicher.«

Es klang wie: Mein Name ist Bond. *James* Bond. Volinka stand auf.

»Wo willst du hin?« fragte ich.

»Hast du nicht gesagt, wir brauchen jemanden in der Unterkunft, der uns hilft?«

»Und?«

»Komm heute abend in die Vorfeldkantine, dann sag' ich dir, wie wir es machen.«

46

Der strahlende Himmel, in den am Vormittag die Maschine mit Amadou entschwunden war, hatte sich zugezogen. Dicke Wolken, die Vorboten eines Gewitters, hingen tief über dem Flughafen und verschluckten jedes Flugzeug, kaum daß es gestartet war.

Ich hätte zurück in die Verladehalle gehen können, doch wozu? Falls sie Dak einkassiert hatten, würde ich sowieso kein Geld mehr bekommen, und mein Rücken war auch ohne Arbeit steif genug. Was aber sollte ich tun, wie die Zeit bis zum Abend herumkriegen? Ins Versteck konnten wir nicht mehr zurück: Der BGS war Dak schon lange auf den Fersen gewesen, und wenn sie ihn dazu brachten, uns zu verpfeifen, dann war die Unterkunft der sicherste Ort, um geschnappt zu werden. Was machte ein Hund, der seinen Herren verloren hatte?

Das Dach des alten Towers war noch warm. Ich lag an derselben Stelle, an der ich mit Nisha gelegen hatte – als unsere Finger ineinander verschränkt gewesen waren und wir von einer gemeinsamen Zukunft jenseits des Himmels geträumt hatten. Ich drehte mich auf den Bauch und stützte den Kopf auf die Hände. Immer wenn eine Maschine startete oder landete, stellte ich mir vor, ich säße am Steuer.

Morgen würde ich Asis aus der Unterkunft befreien. Wie groß meine Chancen waren, konnte ich nicht abschätzen, aber selbst, wenn alles glatt lief: Was käme danach? Dak würden sie so schnell nicht wieder laufen lassen, ich mußte mich also selbst um mich kümmern. Eine sonderbare Einsicht war das, die sich mir da aufdrängte: Dak hatte uns gehalten wie Tiere in einem Käfig, uns in Aluminiumröhren schlafen und für sich schuften lassen – aber er hatte uns auch Sicherheit gegeben. Eine trügerische Sicherheit, aber auf ihre Weise hatte sie funktioniert.

Früher oder später würde sich eine Möglichkeit finden abzuhauen, Amadou hatte schließlich auch eine gefunden. Aber was dann? Ich sah mich in einem Park auf einer Decke sitzen, Nisha an meiner Seite, Asis, der versuchte, Vögel zu fangen. Alles, was ich mir von meinem Leben erhoffte, war zum Greifen nahe – und doch unerreichbar fern.

Mit diesen und ähnlichen Gedanken brachte ich den Nachmittag zu – auf dem Dach des alten Towers, während zu meinen Füßen hunderte von Flugzeugen mit tausenden von Menschen in alle Teile der Erde aufbrachen –, und mit jeder Stunde wurde meine Sehnsucht, Nisha zu sehen, übermächtiger.

Es dämmerte bereits, als ich sie unter den letzten Besuchern der Aussichtsterrasse ausmachte. Im ersten Moment glaubte ich, sie mir nur einzubilden, doch ihr Gang und die Art, wie sie sich die Haare aus dem Gesichrt strich, waren unverkennbar. Ihre Schicht mußte zu Ende sein: Sie trug einen Rock und eine Bluse, und ihre Haare waren frisch frisiert.

Sie stand an der Ecke, die nach Osten zeigte, an einem der Münzfernrohre, das sie starr auf einen Punkt gerichtet hielt. Dort, wo es hinzeigte, gab es nur ein Gebäude, das ihre Aufmerksamkeit in Anspruch nehmen konnte: C 182, die Transitunterkunft. Inzwischen hatte sie von Asis erfahren und wußte, daß ich sie belogen hatte. Das Schlimmste, was passieren konnte! Wenn nicht alles verloren sein sollte, und ich mir eine Chance erhalten wollte, Asis aus dem Transit zu holen, dann mußte ich ihr die Wahrheit sagen, sonst würde sie in ihrer Sorge noch wer weiß was für Dummheiten anstellen.

Der Zugang zur Besucherterrasse führt auf Ebene 3 am alten Tower vorbei. Ein hoher Zaun aus verschweißten Stahlstreben trennt den Weg vom unteren Dach des Towergebäudes. Auf ihrem Rückweg würde Nisha zwangsläufig dort vorbeikommen.

Es war ziemlich riskant, bis auf das untere Dach hinabzusteigen – ich hatte dort nichts zu suchen, und der Zaun war videoüberwacht –, doch dies war vielleicht meine letzte Gelegenheit, Nisha alles zu erklären. Ich versteckte mich hinter einem Mauervorsprung und wartete. Es fing an zu regnen. Ich wartete. Der Regen wurde stärker. Ich wartete. Nishas Schritte waren schnell und scharf. Beinahe hätte ich sie verpaßt.

»Nisha«, rief ich und trat an den Zaun. »Nisha, bleib stehen!«

Sie glühte vor Zorn: »Wie kannst du es wagen, mir noch einmal unter die Augen zu treten?! Was willst du von mir? Noch mehr Geld? Du weißt genau, daß ich Dak alles gegeben habe.«

»Nisha, es war nicht meine Schuld, daß das passiert ist ...«

»Stimmt! Es war meine. Ich hätte mich nie auf euer Angebot einlassen dürfen. Wie konnte ich nur so blind sein, dir zu vertrauen?!«

»So hör doch, Nisha! Ich werde Asis aus 182 herausholen. Ich verspreche es!«

»Gar nichts wirst du tun! Ihr habt mein Geld – jetzt laßt mich in Ruhe!«

»Wie meinst du das?«

»Jetzt tu bloß nicht so! Das Unschuldslamm kaufe ich dir keine Sekunde lang ab. Dak, der Schlepper und du – ihr habt doch von Anfang an gemeinsame Sache gemacht.«

»Das ist nicht wahr!« rief ich und klammerte mich an den Stangen fest. »Ich werde nicht zulassen, daß sie Asis zurückschicken!«

»Laß die Finger von meinem Sohn! Schube kümmert sich jetzt um Asis. Er hat Verbindungen. *Wenn* Asis noch jemand helfen kann, dann ist *er* es.«

Ausgerechnet Schube! Der würde ihr das Blaue vom Himmel herunterlügen, wenn sie nur mit ihm ins Bett ginge.

Der Regen prasselte in mächtigen Schüben auf den Flughafen nieder. Die Landebahnen waren mit einem Schleier überzogen, das Blech unter meinen Füßen gab ein wildes Tropfenkonzert. Nishas Bluse hing ihr schwer von den Schultern. Ich wollte sie berühren, sie trösten, ihr sagen, daß alles gut werden würde …

»Ich muß gehen«, sagte sie und strich sich die Haare aus der Stirn.

»Warte! Wo willst du denn hin?«

»Geht dich das was an?«

»Du triffst dich mit Schube, stimmt's?«

»Und wenn schon! Der hilft mir wenigstens.«

»Schube hilft niemandem ohne Gegenleistung.«

»Ach, Alexej, wenn ich eins gelernt habe in den letzten Wochen, dann ist es das: Zahlen mußt du immer.«

47

Schube hat sich keine große Mühe gegeben, seine Absichten zu verschleiern: Das Licht war gedämpft, im Nachbarzimmer spielte leise Klaviermusik. In der Mitte des Raumes stand ein riesiger Tisch, auf dem der Flughafen als Modell nachgebildet war. So mußte er aus großer Flughöhe aussehen.

»Hier, schau dir das an! Ist das nicht phantastisch?« sagte Schube. Er wollte, daß wir uns duzen. »Nenn mich einfach Herbert«, hat er gesagt.

Er stellte sich vor eine Konsole mit Schaltern, und auf Knopfdruck gingen die Signallampen der Landebahnen und die Lichter in den Gebäuden an. Sogar die Schwebebahn wackelte hin und her. Schube nahm einen Airbus und flog damit durchs Büro.

»Stewardeß! Bereiten Sie die Passagiere auf die Landung vor«, rief er, während er in einer Warteschleife kreiste.

Ich war völlig verwirrt. Er benahm sich wie ein Kind. Sah er in mir nur eine Spielkameradin? Er kam zurück und landete die Maschine.

»Los!« forderte er mich auf, also zeigte ich ihm, was ich schon gelernt hatte.

»Welcome to Frankfurt Airport, ladies and gentlemen. Please leave your seatbelts fastened and remain seated until the aircraft has reached its final parking position and the seatbelt-signs are turned off. Captain Schube and the entire crew would like to thank you for flying Air France, we hope you had a pleasant flight, thank you, merci and bye-bye.«

Schube ließ die Maschine ausrollen und parkte sie auf einer Außenposition.

»Perfekt«, sagte er. »Wir sind ein Superteam! Nisha, du hast bestanden. Herzlichen Glückwunsch!«

Er hielt mir seine Hand hin, und ich nahm sie. Er hielt sie länger, als mir angenehm war, viel länger. In diesem Moment wußte ich, was er als nächstes sagen würde: »Geh doch schon mal rüber und mach's dir bequem. Ich mixe uns derweil zwei hübsche Cocktails, jetzt, wo wir ›du‹ zueinander sagen.«

48

Als Volinka in die Kantine kam, hatte ich bereits vier Bier und vier Schnaps intus. Nach den ersten beiden hatte mein Magen noch rebelliert, weil ich den ganzen Tag nichts gegessen hatte, aber mit den nächsten beiden hatte ich ihn zum Schweigen gebracht.

Die Kantine für die Vorfeldarbeiter ist ein trauriger Ort: In riesigen Vitrinen drängen sich hinter Plexiglasscheiben hunderte identischer Schälchen mit Gerichten, die sich lediglich in ihrer Farbgebung unterscheiden. Es gibt quadratische Tische mit Resopalplatte, Stühle, deren markantestes Merkmal es ist, daß sie vier Beine und eine Lehne haben, und einen PVC-Boden von nicht zu bestimmenden Farbe. Die Frau hinter der Kasse vermittelt den Eindruck, als sei sie zuerst dagewesen und man habe den Flughafen um sie herumbauen müssen. Wenn ihre Kasse aufspringt, ertönt ein müdes Klingeln. Nach Schichtende versammeln sich die Heimatlosen des Flughafens vor dem Fernseher, der in einer Ecke von der Decke hängt, um sich von der Perspektivlosigkeit ihrer Existenz abzulenken und kollektiv ihre Sehnsüchte ruhigzustellen.

Heute war es noch trostloser als sonst: Ein Zurnaspieler saß, umringt von einem Dutzend Zuhörern, in einer Ecke und spielte mit wehmütigen Liedern gegen den Fernseher an. Es war, als hätten sich die verwelkten Illusionen der Anwesenden zu ihrem eigenen Trauerzug zusammengefunden. Ich saß irgendwo in der Mitte: Von der einen Seite dröhnte der Fernseher, von der anderen die Zurna, mein Blick war auf dem PVC verlorengegangen.

»Ich weiß jetzt, wie wir es machen«, sagte Volinka euphorisch, setzte sich verkehrt herum auf einen Stuhl und verschränkte die Arme über der Lehne.

Ich mußte mich zwingen, ihm zuzuhören. Die Situation erschien mir absurd: Mein Entschluß, Asis zu befreien, stand fest, nichts würde mich mehr davon abbringen. Aber nachdem sich Nisha endgültig von mir abgewandt hatte, wußte ich plötzlich nicht mehr, wofür ich diese Anstrengungen unternahm. Natürlich tat ich es für Asis und für Nisha, aber irgendwie hatte ich mich immer auch selbst als Teil dieses Plans gesehen. Es war auch um mich gegangen, um Nisha, Asis *und* mich.

Volinka hatte gute Nachrichten: Basala wollte uns helfen. Sie würde morgen vormittag in 182 putzen und dafür sorgen, daß beim Auswechseln der Wäschetonnen Asis in einer von ihnen säße. Ich mußte mir nur den weißen Overall und den Transporter ausleihen und nicht weiter auffallen.

»Was ist denn los?« fragte Volinka als er fertig war. »Hörst du mir überhaupt zu?«

»Ja, sicher. Klingt gut.«

Volinkas Redefluß war ins Stocken geraten.

»Gibt's ein Problem?«

»Es ist wegen Nisha ...«, setzte ich an.

»...«

»Sie glaubt, Dak und ich hätten sie nur ausnehmen wollen, und jetzt hat ihr Schube auch noch erzählt, daß er Asis raushauen könnte. Sie trifft sich gerade mit ihm.«

Volinka sah unglücklich aus, wie jemand, der ein Geständnis ablegen will.

»Ich weiß. Im Büro des Vorstandschefs. Es hat schon die Runde gemacht. Blondie von der Rezeption wußte Bescheid und hat es überall herumerzählt. Die war nämlich selber mal Nummer 65 oder so und hat gedacht, sie wäre die Nummer eins.«

»Im Büro des Vorstandschefs?«

»Tut mir leid. Ändert das etwas an deinen Plänen?«

»Nein, natürlich nicht.«

Ich nahm meine Bierflasche, verließ die Kantine wie ein Schlafwandler und trat auf das Vorfeld. Noch fünf Minuten mit dem Zurnaspieler, und ich hätte mir die Pulsadern aufgeschnitten. Seit Stunden hatte der Regen nicht nachgelassen. Das Vorfeld war zu einem See geworden, der die Lichter des Flughafens spiegelte – mit schwimmenden Flugzeugen und Inseln aus Asphalt. Nach zehn Sekunden war ich vollkommen durchnäßt.

Das Gebäude mit den Büros der Vorständler glomm verschwommen auf der anderen Seite des Vorfelds. Vereinzelte Lichtflecken in der Fassade zeigten die letzten Büros an, in denen noch gearbeitet wurde. Im obersten Stock, der Chefetage, lagen die repräsentativen Büros mit Panoramaverglasung, so breit wie vier von den darunter liegenden. Das mittlere war schwach erleuchtet.

Ich schwankte auf das Vorfeld hinaus, aber durch den Regen ließen sich nur Schemen erahnen. Ich glaubte, einen Schatten zu sehen, der sich über die Wand und die Decke bewegte, und den Umriß einer Frau am Fenster zu erkennen, doch ich konnte mich täuschen, und es spielte auch keine Rolle: Ich wußte, wer in dem Büro war, und es war nicht schwer zu erraten, was sie dort machten.

Links von mir bemerkte ich einen dunklen Flecken, der durch die Nacht glitt – noch jemand, der blöd genug war, sich bis auf die Knochen aufweichen zu lassen. Es war ein Mann, und als er näher kam, bemerkte ich zwei Dinge an ihm: Er trug einen Anzug, der kurz zuvor noch neu und teuer ausgesehen hatte, und er war barfuß. Es sah aus, als könne er über Wasser gehen.

»Ah«, sagte Togo, als würde ich sonst auch immer hier herumstehen, »da bist du ja.«

Ich hatte mir abgewöhnt, mich über unsere Begegnungen zu wundern, und doch kamen sie jedes Mal so unerwartet, daß mir immer erst hinterher einfiel, was ich ihn hätte fragen wollen.

»Ich habe dich gesucht.« I was looking for you.

»Mich?« fragte ich. »Warum?«

»I have a message for you …«

Er legte einen Zeigefinger auf seine geschlossenen Lippen, als versuche er, ein fernes Geräusch zu erkennen.

»Morgen werden sich die Dinge ändern.« Tomorrow things will change.

»How?« wollte ich wissen.

»I don't know yet, but I will be there …«

Wieder legte er den Finger auf seine Lippen: Shhhh.

»I have to go now«, sagte er und schlich davon in die Dunkelheit, aus der er gekommen war.

49

In dem Zimmer, aus dem die Klaviermusik kam, stand eine Designerliege. Sie hatten sich nicht einmal die Mühe gemacht, sie als Sofa zu tarnen und das Ganze wie ein Beratungszimmer aussehen zu lassen. Die Matratze war hart, das Leder kalt.

Ich knöpfte meine Bluse auf. Mit jedem neuen Knopf kamen Erinnerungen zurück: Ich mußte an die Zeit mit Damodar denken, an die Jahre voller Erniedrigung und Unterdrückung, an den Ekel, die Schläge, an die vielen Male, die er mich genötigt hatte, mit ihm zu schlafen.

Schube kam mit den Cocktails, stellte sich vors Fenster und blickte verträumt auf die Landebahnen hinaus. Ich saß auf der Liege mit entblößten Brüsten und tränenverschmierten Wangen.

»Wie ich diese Aussicht liebe …«

Als er mein Schluchzen hörte, drehte er sich um und machte ein erstauntes Gesicht.

»Ach du liebe Güte, Kindchen! Was machst du denn für Sachen? Hast du gedacht, daß du für meine Hilfe bezahlen müßtest? So etwas würde ich nicht tun. Ich helfe dir, weil ich dich mag.« Er schob die Unterlippe vor: »Wenn du nicht willst, ist das schon okay. Dann machen wir es uns einfach gemütlich, trinken Cocktails und schauen den Flugzeugen zu. Ist nicht schlimm, ehrlich.«

Er setzte sich neben mich und legte mir einen Arm um die Schulter. Um ein Haar hätte ich mich übergeben. Konnte er nicht wenigstens warten, bis ich mich wieder angezogen hatte? Als ich ihm sagte, daß ich gehen wollte, konnte er es gar nicht begreifen.

Ich schäme mich, weil ich Schube unterstellt habe, nur auf das eine aus zu sein, und ekle mich vor mir selbst, weil ich bereit gewesen wäre, es ihm zu geben. Und ich bin wütend, unsagbar wütend! Weil Schube trotz allem ein schmieriger notgeiler Bock ist, der es sich nicht verkneifen konnte, mich wenigstens anzutatschen, und der Dankbarkeit erwartet, weil er nicht darauf bestanden hat, daß ich mit ihm schlafe.

50

Ich kehrte in die Kantine zurück, als meine Flasche leer war und es keine trockene Stelle mehr an meinem Körper gab. Der Zurnaspieler war verschwunden, die Illusionen beerdigt. Im Fernseher lief eine Liebesschnulze, das Happy-End bereits in Sichtweite. Ich zog eine ausgeprägte Wasserspur hinter mir her.

Volinka wartete mit einem neuen Gedeck auf mich. Ich kippte den Schnaps runter und spülte mit Bier nach. Wenn ich meinen Kopf still hielt, bewegte sich der Raum noch einen Moment weiter. Das war schon ganz gut, aber noch lange nicht das, was ich mir vorgenommen hatte: Ich wollte die Dimensionen zum Einsturz bringen.

Eine Stunde später war ich dann so weit: Volinkas Mund bewegte sich, aber die Worte erreichten mich nur bruchstückhaft und hatten nichts mit seinen Lippenbewegungen zu tun. Die Kantine drehte sich ununterbrochen, gleichgültig, was mein Kopf machte.

Der Film war zu Ende, die anderen gegangen. Ein Nachrichtensprecher redete vor blauem Hintergrund freundlich in die Kamera – das interessierte niemanden mehr. Kolibri, so nannten sie den Riesen aus der Küche, stand plötzlich an unserem Tisch. Er sagte etwas. Ich nahm an, er wollte uns rauswerfen.

»Nap!« – mein Versuch, Schnaps zu sagen.

Irgend etwas zog an mir, und im nächsten Moment stand ich unsicher auf den Beinen. Kolibri würde nicht mit sich reden lassen, solche Idioten wie uns setzte er jeden Tag vor die Tür. Ich wollte mich auf einem Stuhl abstützen, doch die Lehne schlüpfte unter meiner Hand hindurch, und ich schlug mit dem

Oberkörper auf den Tisch. Wieder brachte Kolibri mich in die Senkrechte. Ich hatte ein Einsehen: Jede Form von Widerstand wäre zwecklos, unser Abend war zu Ende.

»Ogu, ogu« – schon gut, schon gut.

Ich wollte Volinka an der Schulter berühren und traf beim zweiten Versuch. Volinka aber reagierte nicht. Er saß wie versteinert und starrte auf den Fernseher. Ich fixierte sein Gesicht: Sein Grinsen war verschwunden, statt dessen sammelte sich Wasser in seinen Augen, das über die Ufer trat und seine Wangen hinunterlief.

Ich folgte seinem Blick: Der Nachrichtensprecher redete unverdrossen in die Kamera, rechts im Hintergrund war jetzt das Bild eines Mannes eingeblendet. Es war ein Schwarzweißfoto, auf dem er wie ein Verbrecher aussah. Hey, Amadou ist im Fernsehen, dachte ich. Und dann begriff ich, daß er tot war.

51

Amadous »bedauerlicher Unfall«, wie es von offizieller Seite hieß, wirbelte mehr Staub auf, als man erwartet hätte. Für ein paar Journalisten war er ein gefundenes Fressen. Einige Zeitungsnotizen habe ich aufgehoben.

Er muß sich gegen seine Abschiebung heftig zur Wehr gesetzt haben, die Grenzer hatten mit ihrem Schübling alle Hände voll zu tun. Ich habe nie erfahren, was ihn in seiner Heimat erwartet hätte, aber Amadou muß eine lebhafte Vorstellung davon gehabt haben. Er schlug um sich, er schrie, auf dem Weg zum Flugzeug stieß er immer wieder mit dem Kopf gegen die Scheibe des Transporters.

Als sie ihn schließlich ins Flugzeug trugen, waren seine Hände und Füße gefesselt, und sie hatten ihm einen schwarzen Helm aufgesetzt. Seine Maschine war ein Airbus A 340, eine europäische Gemeinschaftsproduktion mit Platz für 300 Passagiere. Ich mag sie wegen ihrer elegant nach oben geschwungenen Tragflächenenden, die bei entsprechender Geschwindigkeit flüchtige weiße Streifen in die Luft schneiden.

Für Amadou hatten sie eine beachtliche Eskorte aufgeboten: Ein Grenzer saß rechts von ihm, einer links, ein dritter in der Reihe vor ihm. Während die Maschine an den Start rollte, beugten die beiden neben ihm seinen Oberkörper nach vorne, der dritte hielt derweil seinen Kopf niedergedrückt.

Amadou blieb die Luft weg. Sein Hals schwoll an, seine Augen traten hervor. Sein Herz spielte verrückt und schlug von Sekunde zu Sekunde panischer. Als ihm klar wurde, daß dies ein Kampf auf Leben und Tod war, stemmte er sich verzweifelt und mit aller Kraft gegen die Umklammerung. Während Muki,

Volinka und ich noch der Maschine nachblickten, wand Amadou sich bereits im Todeskampf. Sein Körper bäumte sich auf, aber die Grenzer waren gut ausgebildet und machten keine halben Sachen: Mit deutscher Gründlichkeit preßten sie ihn zwanzig Minuten lang zu einer Waffel zusammen.

Erst als die Anschnallzeichen erloschen, richteten sie ihn wieder auf, da hatte er sich schon seit Minuten nicht mehr bewegt. Einer der Beamten bat um ein Glas Wasser, mußte aber feststellen, daß Tote wenig Durst haben. Der Kapitän machte eine Durchsage. Es waren drei Ärzte an Bord, doch selbst ihre vereinten Anstrengungen konnten Amadou nicht ins Leben zurückholen.

Die Maschine landete außerplanmäßig in München, wo man die Reisenden von der bedrückenden Gegenwart des Getöteten befreite. Die erste Körperschau ergab zahlreiche Ein- und Unterblutungen, Dehnungsnarben an den Oberschenkeln und sechs gebrochene Rippen. Diagnose: lagebedingter Erstickungstod. Lieber wolle er sterben, als sich abschieben zu lassen, soll Amadou auf dem Weg zum Flugzeug geschrien haben. Diesen Wunsch haben sie ihm erfüllt.

52

Ich wachte auf, weil Muki mir einen Becher Kaffee unter die Nase hielt. Ein Zimmer mit weißgestrichenen Wänden, Teppichboden, zwei Fenster. Die Sonne zeichnete leuchtende Balken an die Wand. Ich hatte in einem richtigen Bett geschlafen! Vier Stück gab es davon. Volinka saß mir gegenüber auf der Kante und blickte aus dem Fenster.

Zwei Finger meiner linken Hand waren geschwollen. Tropfenweise erinnerte ich mich an die vergangene Nacht zurück: Die Schatten im Büro des Vorstandsvorsitzenden, Togo, der über Wasser geht, Amadous Bild in den Nachrichten. Kolibri, der uns rausschmeißen will, und ich, einen Stuhl in den Händen. Der Fernseher, die zerbrochene Bildröhre auf dem Boden – bestimmt ich –, dann Volinka und ich auf den Stufen vor der Kantine. Blut. Wir hatten uns geprügelt: nasser Teer an meiner Wange und die Lichter des Flughafens – auf die Seite gedreht.

Und dann wußte ich es wieder: Amadou war tot, und ich war schuld daran, weil ich seine Fluchtpläne zunichte gemacht hatte. Wir sahen alle drei aus dem Fenster, als beobachteten wir etwas Bestimmtes. Ich nippte an meinem Kaffee, er schmeckte bitter.

»Wo sind wir?«

»Ruheraum für Stewardessen«, sagte Muki.

»Basala hat uns reingelassen«, erklärte Volinka. »Samstags ist hier niemand.«

Basala. Noch mehr Erinnerungen: ihr Gesicht dicht vor meinem, ein leuchtend grünes Kopftuch. Muki, der mich stützt, ein langer Gang mit Augen aus Licht an der Decke, vor mir Basala, ihr breiter Hintern unter dem Kittel, der hin und her wackelt.

Amadou war tot, und ich war schuld.

»Wir haben vierzig Minuten«, sagte Volinka.

»Vierzig Minuten wofür?«

»Dann holen sie die Wäsche aus 183.«

Asis! Mein Gott, wie hatte ich Asis vergessen können!? Die Transitunterkunft! Amadou war tot, Asis aber lebte. Ich stürzte meinen Kaffee runter.

»Worauf warten wir?«

53

Wir hatten uns vor 183 um einen Hubwagen gruppiert und versuchten, geschäftig auszusehen. Volinka und ich waren extrem nervös, Muki völlig ruhig: was geschieht, geschieht – so sind die Dinge. Unser Bemühen, unverdächtig zu wirken, war übertrieben: es war niemand da, dem wir hätten verdächtig vorkommen können.

Der Lieferwagen kam mit 15 Minuten Verspätung und hielt direkt vor der Glastür. Am Steuer saß der Mann vom Vortag. Er schnallte sich eine Wäschetonne auf den Rücken und stiefelte ins Gebäude. Als er zurückkam, erwarteten ihn ein Afrikaner, ein Mongole und ein Russe in der Schleuse neben der Toilette.

Wir hakten uns zu beiden Seiten bei ihm ein: »Hier geht's lang«, sagte Volinka, und wir zogen ihn auf die Toilette.

Muki blieb in der Schleuse stehen: Er würde jedem, der aufs Klo wollte, sagen, daß es einen Rohrbruch gegeben habe und die Toilette von Scheiße überschwemmt wäre.

Der Typ machte große Augen, was hier vor sich ging, verstand er nicht.

»Seid ihr sicher, daß ihr den richtigen habt?« fragte er. »Ich bin von der Wäscherei. Das habt ihr schon kapiert, oder? Daß ich keinen Geldtransporter fahre, sondern Bettwäsche auswechsle? Oder was glaubt ihr, was hier drin ist?« Er stellte die Tonne ab und öffnete den Deckel. »Uhren, Goldbarren, Erdbeeren, oder was? Das ist Wäsche, ihr Schlauberger!«

»Ausziehen«, sagte Volinka.

Er sah uns bestürzt an.

»Nur den Overall«, sagte ich.

»Ihr seid scharf auf meinen Overall?«

Volinka: »Wie verrückt.«

In Unterhose und T-Shirt machte der Fahrer eine ziemlich erbärmliche Figur: Seine Arme und Beine waren mager, behaart und blaß. Der Overall war mir zwei Nummern zu klein und spannte an den Schultern, aber für eine halbe Stunde würde es gehen.

»Den Schlüssel«, sagte ich und hielt die Hand auf.

»Zu meinem Herzen?«

Was für ein Witzbold.

»Zu deinem Wagen.«

»Was wollt ihr denn mit dem? Das ist ne olle Kiste, ehrlich! Mit dem kommt ihr nicht mehr weit. Nächsten Monat ist neuer TÜV fällig, dann könnt ihr ihn sowieso verschrotten. Die Reparatur lohnt sich auch nicht, da sind neue ...«

Volinka verlor die Geduld: »Den Schlüssel!«

»Steckt.«

Volinka wandte sich mir zu: »Tja, Cowboy, ich schätze, von hier an mußt du alleine weiterreiten. Viel Glück!«

»In einer halben Stunde bin ich wieder da«, sagte ich großspurig.

Wir wußten beide, daß ich die Hosen gestrichen voll hatte.

»Und was ist mit mir so lange?« fragte der Fahrer, der mehr Aufmerksamkeit erforderte als ein Neugeborenes.

Volinka griff in die Tasche und zog eine Plastikschachtel hervor: »Ich hab Karten dabei.«

»Jungs, ich will ja nichts sagen, aber ihr habt mächtig einen an der Waffel.«

Volinka und ich sahen uns an, als sei das genau die Bestätigung, die uns noch gefehlt hatte.

Zum Abschied umarmten wir uns – dabei wollte ich doch in einer halben Stunde wieder zurück sein. Im Spiegel sah ich mein Gesicht und Volinkas mächtigen Rücken. Ich sah müde aus und krank, und ich hatte den gleichen Ausdruck in den

Augen, wie ich ihn bei Dak und dem Schlepper gesehen hatte: Angst. Ich wollte nicht in den Knast, mein Leben sollte noch nicht zu Ende sein. Aber wenn ich nicht wenigstens versuchte, Asis zu befreien, würde ich mir das niemals verzeihen. Dann noch eher in den Knast. Da hätte ich ewig Zeit …

»Alexej?«

Volinka mußte schon eine ganze Weile versucht haben, mich von sich wegzudrücken.

»Was?«

Volinka: »Ich sagte: ›Wir haben nicht ewig Zeit.‹«

»Natürlich.«

Ich verließ eilig die Toilette, als könne ich sonst meinen Flug versäumen. Wir wußten beide, daß ich nicht wiederkommen würde.

54

Auf der Konsole lag eine Baseball-Mütze mit Aufdruck passend zum Overall: Cleaning. Ich zog sie tief in die Stirn. Lange lag meine Flucht aus der Transitunterkunft noch nicht zurück. Wenn mich ein Grenzer oder eine von den Nonnen, die dort arbeiteten, wiedererkennen würden, wäre meine Befreiungsaktion zu Ende, bevor sie begonnen hatte.

Das Kontrolltor war so einfach zu passieren, daß ich hätte mißtrauisch werden sollen, doch ich war ganz auf mein Ziel fixiert – was sich um mich herum abspielte, sah ich nicht.

»Wo ist Mark?« fragte der Grenzer.

»Krank.«

Mehr brauchte es nicht. Er sah mich an, als habe er die Antwort schon vorher gewußt, und nickte: Weiterfahren.

Die Schleuse zur Unterkunft war ebenfalls unproblematisch: Der Beamte am Eingang kam mir vage bekannt vor, schien sich aber nicht zu erinnern.

»Na? Bringste de frisch' Wäsch'?«

Ich nickte.

»So oft müßt' mei Frau aach ma füa misch wasche', dann müßt' isch net allszuchs die verstunkene Klamotte anziehn.«

Ich verstand kein Wort.

Er roch an seiner Achsel und verzog sein Gesicht: »Haha«, lachte er über seinen eigenen Witz.

Ich: »Haha.«

Er drückte den Summer und erlöste mich.

Im Flur des Erdgeschosses standen drei Tonnen zur Abholung bereit. Ein Stück den Gang runter feudelte Basala mit einem Mop herum. Als sie mich sah, richtete sie sich auf und deutete mit ihrem Kopf nach rechts, zur Wand hin. Ich zeigte unauffällig auf die Tonne, die am weitesten von mir entfernt stand und deren Deckel nur lose aufgelegt war. Basala nickte.

Zwei dunkelhäutige Frauen schlurften über den Flur, aus dem ersten Stock kamen ein Grenzer und einer von den Pinguinen herunter. Es war die nette alte mit der strengen Frisur, ich erkannte ihre Stimme. Der würde garantiert sofort wieder einfallen, wer ich war, also nix wie raus. Ungeschickt nahm ich die erste Tonne und trug sie eilig nach draußen.

Als ich wieder hereinkam, standen der Grenzer und der Bügelfaltenpinguin noch immer im Flur herum und redeten miteinander. Jedes Zögern hätte nur zusätzliche Aufmerksamkeit erregt, also hielt ich die Luft an, nahm das Kinn auf die Brust, tauschte im Laufschritt die Körbe aus und verschwand wieder nach draußen. Die beiden schienen keine Notiz von mir zu nehmen.

Ich stellte die Tonne in den Transporter und atmete durch. Mir war übel, kalter Schweiß rann meinen Nacken herunter, ich sah aus wie jemand, den man künstlich am Leben erhält. Davonlaufen wollte ich, den Wagen stehenlassen und einfach wegrennen. Aber die Tonne mit Asis wartete noch auf mich, und je länger ich es hinauszögerte, desto größer war die Wahrscheinlichkeit, daß der Grenzer oder der Pinguin auf ihn aufmerksam werden würden. Ich schnallte mir die letzte Tonne auf den Rücken, der Wachmann drückte gelangweilt den Summer.

Der Pinguin und der Grenzer standen mit dem Rücken zu mir – direkt neben den Tonnen. Man hätte durch den Overall meinen Herzschlag sehen können. Der Pinguin redete auf den Grenzer ein und deutete den Gang hinunter.

»Vielleicht sehen Sie mal im Waschraum nach«, sagte sie.

Ich schlich mich an und stellte die Tonne ab. Der Grenzer ging den Flur hinunter. Mit einer nervösen Drehbewegung nahm ich den Korb auf den Rücken und wandte mich ab.

Als nächstes hörte ich den Deckel auf den Boden fallen. Ich war verloren, verraten von einem braunen Plastikdeckel, der durch meine Ungeschicklichkeit zu Boden gefallen war. Auf absurde Weise war die Situation banal, geradezu albern.

»Warten Sie«, sagte der Pinguin und hob den Deckel für mich auf.

Ich drehte mich um. Das war's. Asis, du kannst herauskommen, das Spiel ist aus.

Sie blickte mir offen ins Gesicht, jedes einzelne ihrer grauen Haare unbeweglich an seinem Platz, das Kreuz auf ihrer Brust unverrückbar wie der Felsen von Gibraltar. Sie mußte mich wiedererkennen, unmöglich, daß sie mich vergessen hatte!

»Sie haben den Deckel verloren«, sagte sie, und ein unsichtbares Lächeln belebte ihre Mundwinkel.

Vorsichtig legte sie ihn auf die Tonne: »Wir wollen doch nicht, daß da etwas herausfällt.«

Und in diesem Moment begriff ich: Sie hatte mich nicht nur erkannt, sie wußte Bescheid! Und das Gespräch mit dem Grenzer war ein Ablenkungsmanöver gewesen, um mir zu helfen. Ich hatte eine heilige Verbündete! Fast hätte ich zu weinen angefangen, die Anspannung war kaum zu ertragen. Ich wollte mich ihr an den Hals werfen, ihre Frisur durcheinanderbringen, sie abküssen!

»Danke«, stammelte ich und ging hinaus.

Unter dem Overall war ich schweißgebadet, der Rand der Baseballmütze hatte sich ebenfalls vollgesogen. Das letzte, was ich bewußt tat, war, die Tonne so hinter den Beifahrersitz zu stellen, daß ich sie beim Fahren im Auge haben würde. Danach schaltete mein Gehirn auf Autopilot: Schiebetür schließen, einsteigen, Zündschlüssel drehen, Wärterhäuschen, Schranke, Stop. Ein Grenzer kam heraus und fragte etwas. Ich antwortete. Dann noch einer. Der andere ging um den Transporter herum. In meinem Hinterkopf ging ein Warnsignal an: Hier stimmte etwas nicht.

»Steigen Sie mal aus«, sagte der Grenzer und legte eine Hand auf den Pistolenhalfter an seiner Hüfte.

Ich stellte den Motor ab. Was war hier los? Es hämmerte von innen gegen meinen Schädel. Ganz ruhig, keine Panik. Die Tür zum Wärterhäuschen stand offen. Ich sah drei Männer: zwei Leute vom BGS und einen Mann in einem abgetragenen Jackett mit Schonern an den Ellenbogen – Dak.

»Was ist?« mahnte der Grenzer. »Aussteigen!«

Er knöpfte die Sicherheitslasche seines Halfters auf. Ich tat, als wolle ich die Tür öffnen. Dak blickte beiläufig zu mir herüber, sagte etwas zu den Grenzern und nickte. Er war von selbst darauf gekommen, daß ich versuchen würde, Asis aus der Unterkunft zu holen, und hatte mich nicht nur verpfiffen, sondern den BGS gleich noch an die Hand genommen und zu mir geführt. Danke Dak. Hoffentlich buchten sie dich für fünf Jahre ein.

»Tut mir leid«, sagte ich und drehte den Zündschlüssel. »Ich bin in Eile.«

55

Um vier kam Denise von der Nachtschicht gekommen. Ich habe sie überredet, noch einen Tee mit mir zu trinken. Jetzt schläft sie, und vor Mittag kommt sie garantiert nicht aus dem Bett. Wenn sie schon wach wäre und ich mit ihr reden könnte, dann wäre es vielleicht auszuhalten. Ich weiß, daß es Asis nicht besser geht, nur weil ich in seiner Nähe bin, aber mir hilft es.

Auf dem Weg zum Flughafen, in der U-Bahn, haben meine Beine so sehr gezittert, daß ich aufstehen mußte, um sie in den Griff zu bekommen. Was habe ich nur getan!? Wie hatte ich Asis nur einem Schlepper anvertrauen können? Asis war so weit weg, und ich wollte ihn so sehr bei mir haben – da hatte ich mir eingebildet, es müßte einfach klappen. Doch jetzt läuft er verloren hinter einem Zaun herum – und ich kann nichts für ihn tun. Nur hoffen.

Ich habe einen Zwanzig-Euro-Schein getauscht und bin auf die Besucherterrasse gegangen. Je näher ich Asis kam, desto schneller wurden meine Beine. Auf der Aussichtsplattform war ich ganz außer Atem. Ein Seniorenpaar hielt das Fernrohr besetzt, das auf die Unterkunft ausgerichtet ist. Am liebsten hätte ich die beiden angeschrien.

Es dauerte eine Ewigkeit, bis sie sich endlich davonmachten und ich die Zimmerfenster absuchen konnte. Asis war nirgends zu sehen. Immer wieder schwenkte ich das Fernrohr, von rechts nach links, von oben nach unten, immer wieder und immer wieder, die Münzen rannen mir nur so durch die Finger. Eine Frau im zweiten Stock stand ausdruckslos hinter einem der Fenster. Bei jedem neuen Schwenk stand sie unverändert da. Aber niemals sah ich Asis.

Ich hielt noch drei Euro fünfzig in der Hand, als ein Transporter vorfuhr: City Cleaning Service – keine Gefahr für Asis. Ein Mann mit Overall und Baseballmütze stieg aus und trug einen Wäschekorb ins Gebäude.

Irgendwie war mir natürlich bewußt, daß das, was ich hier machte, sinnlos war – was wäre schon gewonnen, wenn ich Asis tatsächlich zu Gesicht bekommen würde? Trotzdem konnte ich nicht aufhören, es war wie eine Sucht. Als könnte ich auf diese Art mögliches Leid von ihm abwenden. Nichts, kein Asis weit und breit, nichts, der Mann von der Reinigung, nichts … Moment!

Ich schwenkte zurück: »Alexej!«

Mit einem Aufschrei ließ ich das Fernrohr los, mein restliches Kleingeld verteilte sich auf der Terrasse. Dieser verrückte Kerl! Er sollte sich doch heraushalten! Ich guckte noch einmal durchs Fernrohr, dann rannte ich so schnell ich konnte ins Terminal zurück.

56

Die Schranke am Kontrollpunkt hätte nicht mal einem Kinderwagen standgehalten: Sie zerbrach wie ein Streichholz. Im Rückspiegel sah ich zwei gestikulierende Grenzer – und Dak, der reglos neben dem Wärterhäuschen stand. Vielleicht erlaubte er sich etwas Mitleid. Er wußte, daß wir keine Chance hatten. In einer Minute wäre der halbe Flughafen hinter uns her, in spätestens drei Minuten hätten sie uns. Mit etwas Glück konnte ich ein paarmal im Kreis fahren, aber damit hätte es sich dann auch.

Der Transporter war, wie der Fahrer es gesagt hatte, in einem beklagenswerten Zustand: Der Motor jaulte widerwillig auf, als ich das Pedal durchtrat, und die Karosserie begann zu zittern. Ich schoß auf das Vorfeld hinaus, ohne eine Vorstellung, in welche Richtung ich fahren sollte, jeder Konzentrationsversuch scheiterte an der unüberwindlichen Barriere meiner Kopfschmerzen. Zu allem Überfluß kam auch noch diese hektische Tante auf uns zugerannt, die offensichtlich nicht mehr alle Tassen im Schrank hatte und erlöst werden wollte. Ich würde gleich eine Karawane von Blaulichtern hinter mir herziehen, da brauchte ich nicht noch ... Ach du Scheiße, das war ja Nisha! Mne tolko jejo jeschtscho i ne chwatala. Na wunderbar! Jetzt durfte ich mir auch noch eine Moralpredigt anhören.

Ich machte eine Vollbremsung und kam mit quietschenden Reifen neben ihr zum Stehen. Die Wäschetonnen stürzten übereinander und rollten durch den Laderaum. Nisha hampelte vor der Beifahrertür herum. Was? Ach so, der Knopf war unten. Ich entriegelte die Tür, noch war kein Blaulicht zu sehen. Nisha stieg auf den Beifahrersitz, ganz außer Atem. Wir sahen uns an: Sie war unfähig, einen Satz herauszubringen.

»Was?« rief sie schließlich.

»Mach die Tür zu.«

Sie schlug die Tür zu, und ich trat das Pedal durch. Die Tonnen rollten durch die Kabine. Nisha mußte ein paarmal Anlauf nehmen, bevor sie einen Satz herausbrachte.

»Wo ist Asis?« stieß sie schließlich hervor.

»In einer von den Tonnen, aber frag mich nicht, in welcher.«

»Oh, mein Gott!«

Sie stieg nach hinten durch, während ich mit Vollgas über den Rasen fuhr, Richtung Cargo, nur weg von den Terminals.

»Asis!«

Ein Wimmern drang aus einer der Tonnen. Nisha versuchte, sie festzuhalten.

»Fahr doch mal gerade aus, verdammt!« rief sie. »Und hör auf, so zu wackeln!«

»Oh, Entschuldigung«, sagte ich und fuhr auf die Südlandebahn, wo wir mit allem, was die Kiste hergab, einer startenden Iljushin entgegenrasten. Ich sah nach rechts zum Terminal hinüber: Inzwischen hatten sie die Verfolgung aufgenommen, aus unterschiedlichen Richtungen kamen Vorfeldüberwachungs- und Grenzschutzfahrzeuge.

»Beeilung!« rief ich.

Eine Iljushin IL-86 ist ein relativ großes Flugzeug. Sie ist für Mittelstrecken ausgelegt und fast sechzig Meter lang. Wenn sie einem aber auf einer Startbahn entgegenkommt und man selbst in einem klapprigen Transporter sitzt, dann bläht sie sich zu einem Kometen auf, und man selbst wird ein Gartenzwerg.

»Festhalten!« rief ich, riß das Steuer nach links und schlingerte über die Wiese. Das Ende der Tragfläche sauste über uns hinweg, und beinahe hätten die Luftverwirbelungen den

Transporter umgeworfen. Nisha und Asis, der sich aus der Tonne befreit hatte und sich an sie klammerte, wurden durch den Laderaum geschleudert.

»Willst du uns umbringen?« schrie Nisha, und Asis stimmte mit ein.

Wir fuhren mit Tempo 130 an der Air-Base vorbei, wo ich aus dem Augenwinkel Amerikaner mit besorgten Gesichtern sah. Nisha, mit Asis auf dem Arm, zwängte sich wieder nach vorne und setzte sich auf den Beifahrersitz. Die beiden waren so in ihre Wiedersehensfreude vertieft, daß sie mich überhaupt nicht beachteten und glücklich vor sich hin heulten.

Ich umrundete den neuen Tower wie eine Wendemarke und fuhr entlang des Zauns in Richtung Cargo City Süd. Dort war es unübersichtlicher, und wir saßen nicht wie auf dem Präsentierteller. Nisha redete ununterbrochen auf Asis ein und streichelte ihn und küßte ihn und strahlte ihn an, und er strahlte zurück, und dann kotzte er ihr die Bluse voll. Zu meiner Überraschung mußte ich laut lachen, aber Nisha war zu sehr in ihr Glück versunken, um mich zurechtzuweisen.

»Asis, mein Asis!« sagte sie immer wieder, als habe sie eben erst seinen Namen erfahren.

Sie drückte ihn an sich: »Sieh doch nur!« rief sie und sah mich aus verheulten Augen an. »Ist er nicht wundervoll?«

»Herzallerliebst«, bestätigte ich, während ich auf der Speditionsfläche Container umkurvte, »aber meinst du nicht, du verkennst den Ernst der Lage? Falls du es noch nicht bemerkt hast: Wir werden verfolgt! Und ich habe, ehrlich gesagt, keine Ahnung, was wir jetzt machen sollen.«

Ich konnte unsere Verfolger nirgends sehen, aber ihre Sirenen kamen aus allen Richtungen gleichzeitig. Das war fast noch schlimmer.

»Laß dir etwas einfallen«, entschied Nisha, »meinen Asis gebe ich jedenfalls nicht wieder her!«

Und wieder drückte sie ihn an sich.

Ich schlug orientierungslos ein paar halsbrecherische Haken und bog in die Straße ein, die zwischen 566 und 567 verläuft, den langgestreckten Lagerhallen im Cargo Süd. Instinktiv trat ich mit voller Wucht auf die Bremse, die Hände um das Lenkrad gekrallt.

Die Straßenflucht wirkte wie eine Falle: Die Hallen waren ungefähr 300 Meter lang, wenn der BGS die Ausfahrten blockierte, während wir von einem Ende zum anderen unterwegs waren, säßen wir fest.

Showdown. High Noon. Warten auf den Cowboy am anderen Ende der Straße. Die Lagerhallen waren verschlossen, die Rolltore heruntergelassen. Kein Mensch. Unbewegliche Luft, heißer Asphalt.

»Was ist?« fragte Nisha. »Was machst du?«

»Ich denke nach.«

»Warum fährst du nicht lieber, statt zu denken?«

»Weil es keinen Sinn hat.«

Meine Schädeldecke drohte zu zerspringen, meine Hände umklammerten ein Nadelkissen.

Es mußte einen Ausweg geben, aber wo war er?

Ein richtiger Adrenalinschub bewirkt Erstaunliches: Die Haut wird dünn wie Pergament, die Sinne scharf – wie das Licht, das die Fassaden der Lagerhäuser in gleißende Helligkeit und undurchdringliches Dunkel zerteilt. Nichts dazwischen.

Es mußte einen Weg geben …

Ich stellte den Motor ab. Zwei Geräusche blieben übrig: Der dumpfe Pulsschlag in meinen Ohren und die Sirenen unserer Verfolger. Ich blickte die Straßenflucht hinunter: nichts. Keine Bewegung, nicht mal ein Stück Papier.

Nisha: »Was …«

Mit einer Handbewegung schnitt ich ihr das Wort ab. Asis hatte vor Schreck vergessen zu weinen, beide hielten den Atem an.

Es mußte einen Weg geben ...

Jede Sekunde ein Standbild, jedes Standbild eine Ewigkeit. Stillstand im Sekundentakt. Die Straße, die Tore, Stein, heiß ... Die Straße ...

57

»Aussteigen!« sagte ich.

»Bist du verr...«

»Aussteigen! Schnell!«

»Alexej, ich ...«

»mach' schon!« befahl ich.

Die Lösung hatte uns die ganze Zeit auf der Nase herumgetanzt. Ich stellte mich vor den Wagen und sah Nisha an, als müßte ihr völlig klar sein, was ich von ihr wollte.

»Los, hilf mir!«

»Den Kanalde...«

»JETZT!«

Direkt vor uns mündete ein Kanalschacht. Der Deckel war mit seiner Einfassung verwachsen und hatte im Laufe der Jahre die Farbe der Straße angenommen. Meine Hände paßten nur mit Mühe zwischen die Rippen. Gemeinsam wuchteten wir ihn heraus, die Sirenen wie ein Hornissenschwarm um uns herum.

»Du zuerst, dann Asis.«

Kein Widerspruch diesmal.

Asis' Kopf war gerade im Teer verschwunden, als am Ende der Straße ein BGS-Fahrzeug an den Hallen vorbeischoß, der Arm des Beifahrers lässig aus dem Fenster: Ein Kopf, der sich drehte, zwei schwarze Glasaugen – vorbei. Reifenquietschen, Rückwärtsgang. Ich tauchte in den Schacht ab und zog den Kanaldeckel in die Einfassung zurück.

Abstieg an verrosteten Metallbügeln, blind vom Sonnenlicht. Quietschende Reifen, Dunkel, der Wagen direkt über dem Schacht. Türenschlagen, Stimmen, das Scharren von Füßen, eine Sirene, die sich schlafen legte.

Wasserrauschen, Hall von feuchten Wänden, Modergeruch, kalt. Matter Schimmer hinter einer Biegung, wandernde Lichtflecken auf schwarzem Wasser. Nisha neben mir. Ihre Augen unendlich tief, die Beine bis zu den Knöcheln im Wasser – meine auch –, auf dem Arm Asis, mit vor Entsetzen starrem Gesicht.

Ich legte einen Finger auf die Lippen – kein Wort! – und schob mich langsam durchs Wasser. Die Röhre hatte einen Durchmesser von gut zwei Metern, wir konnten aufrecht gehen. Das Wasser bewegte sich sehr langsam: Nur wenn wir stehenblieben, war eine leichte Strömung zu spüren. Erst nach dem dritten Abzweig wagte ich zu sprechen. Wir standen in einem schwachen Lichtkegel, über uns Sirenengeheul.

»Laß mich Asis nehmen«, flüsterte ich.

Nisha redete leise auf ihn ein. Er nickte stumm. Sie reichte ihn mir. Ich wunderte mich, wie leicht er war. Eine Seele braucht nicht viel Körper, dachte ich. Müde schlang Asis seine Arme um meinen Hals und lehnte seinen Kopf an meine Schulter. Da stand ich nun, in einem stinkenden Abwasserkanal unter dem Flughafen, auf der Flucht vor einer Hundertschaft von Grenzschützern – und war unsagbar stolz, daß Asis mir sein Vertrauen schenkte. Ich war ein guter Mensch und ein stolzer Held – und ich würde uns heil hier herausbringen.

»Was jetzt?« fragte Nisha und brachte mich auf den nassen Boden kalter Tatsachen zurück.

»Wir müssen nach Osten«, sagte ich.

»Na dann mal los, Pfadfinder.«

Bereits beim letzten Abzweig war mein Orientierungssinn ins Wanken geraten: Wir konnten in jede beliebige Richtung unterwegs sein. Ich entschied aus dem Bauch heraus und folgte dem Verlauf des Kanals, in dem wir uns befanden. Von Schacht zu Schacht wurden die Sirenen leiser, schließlich erstarben sie ganz.

Wir begegneten einer Menge Dinge auf unserem Weg: Plastiktüten, Zigarettenschachteln, McDonalds-Verpackungen. Aber auch einer ledernen Damenhandtasche und einer Gruppe von Ratten, die an einem Hundekadaver nagte, von dem nicht viel mehr als das Halsband und die Marke übrig war. Sie sahen beiläufig mit roten Augen zu uns auf, ließen sich aber nicht weiter stören.

Irgendwann war Asis eingeschlafen. Wir mußten seit einiger Zeit unterwegs sein: Meine Beine waren müde, meine Arme und mein Nacken schmerzten von Asis' Gewicht. Ein paarmal hatte ich einen Abzweig gewählt, aber nicht, weil mir eingefallen wäre, wo Osten lag, sondern weil er wenig Wasser führte oder es nicht weiterging.

»Alexej?«

Nisha sah müde aus. Und dreckig. Mit ihren glatten Schuhen war sie mehrmals ausgerutscht und hatte die Reste von Asis' Erbrochenem verschmiert.

»Was?«

»Bleib mal stehen.«

Ich blieb stehen und streckte meinen Rücken durch. Die Wirbel knackten.

»Ich muß dir etwas sagen ...«, flüsterte Nisha.

»...«

»Es tut mir leid. Wegen Amadou. Denise hat es mir gesagt, letzte Nacht. Sie hatte mit Basala zusammen Spätschicht. Die hat ihr erzählt, was gestern abend passiert ist und wo sie euch untergebracht hat.«

»Danke.«

Ich drehte mich wieder um.

»Warte, ich bin noch nicht fertig.«

Was denn jetzt noch?

»Basala hat ihr außerdem erzählt, daß du Dak dein ganzes Geld gegeben hast, weil er sonst Asis nicht eingeschleust hätte ...«

»…«

»Ist das wahr, Alexej?«

»Wenn sie es sagt …«

Nisha stellte sich auf die Fußspitzen und sah mich eindringlich an: »Ich habe dir unrecht getan. Es tut mir leid. Bitte verzeih mir, ich muß dich sehr verletzt haben. Ich danke dir.«

Und dann spürte ich nur noch ihre weichen Lippen auf meinen und ihre Zunge, die sich vorsichtig in meinen Mund schob.

»Ach, und noch was …«, sagte sie, nachdem sie fertig war und ich alles vergessen hatte, was eine Minute vorher noch wichtig gewesen war.

»Ja?«

»Ich kann nicht mehr. Hast du eine Ahnung, wo wir sind?«

»Ich geh nachsehen.«

Vorsichtig reichte ich ihr Asis und kletterte den nächsten Schacht empor. Durch die Löcher des Deckels konnte ich nur das strahlende Blau des Himmels sehen. Ich hörte Automotoren und das Pfeifen von Flugzeugturbinen, außerdem zwei Frauen, die sich unterhielten. Der Deckel ließ sich nicht anheben. Erst als ich mich mit der Schulter dagegenstemmte, gab er nach.

Ich kniff die Augen zusammen: Autos, jede Menge Autos. Aus meiner Perspektive sah ich vor allem Reifen und Auspuffrohre. Wahrscheinlich ein Besucherparkplatz außerhalb des Flughafengeländes. Ich befand mich zwischen zwei parkenden Autos, die weiße Markierungslinie lief durch mich hindurch. Die Sandaletten der beiden Frauen, deren Geplapper bis zu mir drang, standen eine Reihe weiter und stiegen gerade in einen Wagen ein. Außerdem gab es ein paar schwarze Herrenschuhe mit einem passendem Hund, der zu groß war, um mehr als seine Beine zu zeigen, und zwei Paar Turnschuhe auf dem Weg zum Terminal. Ich überlegte ergebnislos, wie es jetzt weitergehen könnte, als ich unerwartet eine freudige Entdeckung machte: Sechs oder acht Reihen entfernt standen nackte schwarze Füße, auf die der Saum von Anzugshosen fiel!

Ich kletterte aus dem Schacht und schlich geduckt zwischen den Autos hindurch. Aus zwei Reihen Entfernung zischte ich über eine noch warme Motorhaube hinweg: »Togo!«

Er drehte sich um, eine dicke Havanna im Mund, an der er genüßlich zog: »Ah, Alexej! Ich dachte, du würdest von dort kommen.«

Er blickte in Richtung Terminal und zog verwundert eine Augenbraue hoch.

»Bist du bereit?« fragte er.

Wann würde ich endlich verstehen, was um mich herum vorging?

»Bereit wofür?«

Togo tätschelte die Motorhaube des silbergrauen Mercedes, an dem er lehnte, und stieß einen Rauchkringel aus.

»Passend zum Anzug«, sagte er und hielt die Schlüssel in die Höhe.

»Ich ... Was ... Warte!« stammelte ich. »Bin gleich wieder da.«

Ich schlich zum Schacht zurück und steckte meinen Kopf hinein: »Nisha?«

»Was machst du da oben so lange?«

Ob ich ihr das jemals würde erklären können?

»Vergiß es. Kommt rauf!«

58

Wir glitten lautlos, verborgen hinter getönten Scheiben, am Haupteingang vorbei. Nisha, Asis und ich auf der Rückbank, Togo am Steuer. Vor jeder Halle waren Grenzer postiert, die nach verdächtigen Personen Ausschau hielten. Was für ein absurder Aufwand, um einem illegalen Russen und einem kleinen indischen Jungen das Leben schwerzumachen.

»Wohin fahren wir?« fragte Togo, als wir auf der Autobahn waren.

Woher sollte ich das wissen? Es gab keinen Ort, der auf mich wartete. Paris, Rom, ans Meer? Ich wollte gerne mal das Meer sehen. Ich sah Asis an: Wie wär's mit einem Eis, dachte ich.

»Icecream?«

Asis bekam leuchtende Augen.

»Ohne eine Dusche und etwas Frisches zum Anziehen gehe ich nirgendwo hin«, sagte Nisha.

Wir fuhren in die Stadt. Die Skyline glänzte verheißungsvoll im Sonnenlicht und erzählte Geschichten von Kampf und Erfolg. Ich aber war zu müde dafür, schloß die Augen und lehnte mich zurück. Zum ersten Mal seit langer, langer Zeit entspannte ich mich. Mein Rücken und der gepolsterte Ledersitz wurden in Sekunden unzertrennliche Freunde.

Als ich aufwachte, standen wir vor Nishas Wohnung.

»Da vorne ist ein Parkplatz«, sagte Nisha.

Togo drehte sich zu uns um. Er nahm meine Hand.

»Mein Freund«, sagte er und lächelte mich an, »von jetzt an führen unsere Wege in verschiedene Richtungen. Ihr braucht mich nicht mehr. Ich fahre und bringe den Wagen zurück – ist nur geliehen.«

Ich bekam einen Knoten im Hals und einen im Herz.

Togo: »Ich hab' noch etwas ...«

Er kramte in seinen Anzugtaschen und förderte eine kleine Holzziege zutage.

»Das ist die letzte«, sagte er und reichte sie Asis. »Du mußt gut auf sie achtgeben.«

»Yes«, antwortete Asis mit großen Augen.

»Dann ist es gut. Und jetzt: Lebt wohl ...«

Ich wollte nicht gehen. Da waren noch so viele Fragen, die ich fragen wollte, so viele Antworten, die noch nicht bekommen hatte, so vieles, das ich nicht verstand ...

Widerwillig stieg ich aus: »Togo?«

»Ja, mein Freund?«

»Werden wir uns wiedersehen?«

»Wer weiß?«

Und ich begriff, daß ich von ihm keine Antworten zu erwarten hatte. Ich ließ die Tür zuschnappen. Im nächsten Moment hatte sich der silberne Mercedes im Verkehr verloren.

Kinderfinger schoben sich in meine Hand. Asis blickte erwartungsvoll zu mir auf.

»Ich komme«, sagte ich.

59

Seit zehn Tagen leben wir jetzt zu viert in Denises und meiner Wohnung. Denise gefällt es, glaube ich. Als wäre sie zu Besuch bei einer befreundeten Familie. Alexej sieht oft so aus, als würde er das alles nur träumen. Ich glaube, so richtig kapiert hat er es immer noch nicht. Asis verbringt mit ihm die meiste Zeit des Tages, wenn Denise und ich am Flughafen sind.

Zwei Straßen von hier ist ein kleiner Park, da spielen sie Fußball. Asis erzählt mir davon, wenn ich nach Hause komme. Er weiß, wer Zinedine Zidane ist, und träumt davon, einmal Profi-Fußballer zu werden. Alexej sagt, er trifft den Ball schon ganz schön gut. Auf dem Rückweg kauft er Asis immer eine Brezel. Eiscreme ist okay, aber Brezeln sind das Größte für Asis! Dann fährt er mit dem Finger die ungleiche Acht nach und sagt: »So schnell lauf' ich, wenn ich groß bin.«

Vielleicht gibt es eine Chance, eigentlich gibt es ja immer eine. Wir haben einen Anwalt beauftragt, und der sagt, daß er möglicherweise etwas »drehen« kann und es ganz gut aussieht. Wenn alles glatt läuft, bekommen Asis und Alexej eine Aufenthaltsgenehmigung, und wer weiß: Vielleicht wird Alexej doch noch Pilot.

Apropos: Ich bekomme wahrscheinlich einen Platz in der Stewardessenschule. Schube hat sich für mich eingesetzt. Entweder er hat ein schlechtes Gewissen, oder er glaubt, er kann mich doch noch ins Bett kriegen. Vielleicht will er mir auch wirklich nur einen Gefallen tun. Wer's glaubt …

60

Jetzt, da ich hier mit meinem Kugelschreiber am Küchentisch sitze, neben dem Stapel beschriebener Blätter, und mir immer wieder vor Augen halten muß, daß ich das tatsächlich alles erlebt habe, kommt mir ein Gedanke: Vielleicht ist die Geschichte, die ich aufgeschrieben habe, in Wirklichkeit gar nicht meine Geschichte, sondern ich bin nur ein zufälliger Teil davon. Vielleicht beginnt meine Geschichte gerade erst. Unsere Geschichte: die von Nisha und mir – und Asis. Wer weiß?

Amadou,
this is for you.